FÖRHÖRSPROTOKOLLET

Förhörsprotokollet

Leif Karbelius

BoD GmbH

©2012 (2001)
Tryck: Books on Demand GmbH, Norderstedt, Tyskland.
Förlag: Books on Demand GmbH, Stockholm, Sverige.
Omslag: Daniel Karbelius Design.
ISBN: 9789174630268

Jennie och Daniel

Omnia vincit Amor…
Kärleken övervinner allt

DÅ FICK JAG SE ett altare överhöljt av en vitskimrande linneduk. Och en röst sade till mig – Lyft altarduken, på det att du må besinna vad som döljer sig därunder! Och då jag så gjorde blottades en bödelsyxa vars kraftigt svängda egg ångade av mörkrött, framvällande blod...

– Herr Blackwell...seså, för satan...mister Blackwell...

Slottsfogden Holmers grova fingrar borrade sig med full kraft in i Alexander Blackwells nakna, magra skuldror och skakade den spensliga kroppen så ihärdigt att det till synes livlösa huvudet slog mot den fuktdrypande klippväggen och fyllde den trånga bergsskrevan med ett korthugget, stumt dunkande.

– För tusan djävlar, herr'n, se nu till att vakna!

Blackwell var uppslagen på den skrovliga granitväggen tillhörande Rosenkammarens unkna fängelsehåla. Belägen på norra malmen i Stockholm, vid Smedjegården, eller närmare bestämt under densamma, cirkum 6 alnar. Iskall, långsmal, några alnar i diameter och så pass låg i tak att en normalvuxen karl näppeligen kunde gå upprätt. Där, vid klippväggen, hade Blackwell hängts upp med hjälp av ett par handklovar förenade med en kedja vilken anbringats på en köttkrok i valvets tak. Naken till midjan och med bröst och mage pressade mot den iskalla stenmuren. Hela tyngden av den kraftlösa och svårt medtagna kroppen belastade de veka handlederna och underarmarna eftersom fötterna saknade markkontakt och benen, ungefär till knähöjd, var nedsänkta i en grytformad håla på berghällen vilken ständigt var fylld med bitande kallt källvatten som oupphörligt tillrann ur bergväggarnas mångtaliga sprickbildningar. Av någon outgrundlig anledning, kanhända helt simpelt ett stundens förbiseende, hade Blackwell fortfarande på sig sina pärlgrå knäbyxor av mönstrat sidentyg vilket åtminstone något skyddade lår och länder från den obarmhärtigt stränga kylan. Men å andra sidan obevekligt exponerade de nesliga tecknen på en nyligen sprängd och ymnigt tömd urinblåsa.

Holmer började bli orolig. Blackwells klena ryggbast hade känts isande kylslaget, och då han böjde sig fram för att kontrollera andhämtningen såg han till sin fasa och vrede att det blänkte till i den stelt halvöppna munnen av en som det senare visade sig omsorgsfullt polerad silverdukat. Förmodligen, i ett obevakat ögonblick, ditlagd av någon ur vaktmanskapet som av medlidande önskat förära den snart hädangångne den oundgängliga färjepenningen. Holmer skulle vid Gud se till att den skyldige vid lämpligt tillfälle näpsades med all vederbörlig stränghet för sådan mörk vidskepelse. Men nu först gällde det att skaka liv i Blackwell. Det gick inte an att låta offret avliva innan det så att säga hade "levererat". Han lät därför genast tillkalla den för dagen tjänstgörande fältskären, den blide livkirurgen Hermann Schützer – kunglig gubevars, adlad Schützercrantz – vilken på grund av den rådande kylan i Rosenkammaren befann sig i ett anslutande med sprakande vedbrasor uppvärmt förrum. I sällskap med och assisterad av den unge fältskärsgesällen Hendrich Metz.

Efter en summarisk undersökning av den medvetslöse Blackwell kunde Schützer snart konstatera vad slottsfogden redan anat: grav nedkylning, tät och synnerligen rigid andhämtning, därtill lam och oregelbunden puls. Kort och gott, vilket Holmer även senare muntligen redovisade för höga vederbörande i sittande kanslirätt: det var *mäst gjort* med mister Blackwell!

Då livsfara således förelåg, *och Fältskären sagt sig ej kunna repondera för honom längre*, nedtogs han skyndsamt från klippväggen och ömsom bars, ömsom släpades mellan två kraftiga gardessoldater till fångcellen en trappa upp, alldeles ovanför tortyrkammaren. Slagen i järnblack och rasslande kedja fick nu Blackwell vila bäst han kunde på britsens halmfyllda bolster. På tillfrågan om han önskade en bit bröd och en halvkanna vatten svarade han knappt hörbart:

— Käre herrar, jag ber, låt mig få dö, låt mig blott få dö...

1

EN DYSTER OCH GRÅKALL vårvinterdag i början på år 1747 hade ödet, eller hur man nu vill se på saken, beslutat sig för att herr Alexander Blackwells dagar snart skulle adderas för sluträkning. Den 10 mars närmare bestämt, en tisdag. Vid pass klockan halv elva på förmiddagen just denna dag stod mister Blackwell framför de imposanta dubbeldörrarna till Handels- och manufakturdeputationens ämbetsrum på Riddarhuskällaren. Intet ont anande. Möjligen, sin vana trogen, något rastlös och otålig i väntan på entré. Ärendet var ju också av en viss vikt eftersom det till den allra största delen berörde Blackwells ekonomiska framtid. Deputationen äskade nämligen noggranna upplysningar om hur Blackwell hittills hade ombesörjt skötseln av den sig anförtrodda kungsgården Ollestad i Västergötland, vackert belägen på en bergshöjd alldeles invid den fiskrika sjön Säm. På arrendekontrakt, och med absolut ansvar inför nämnda deputation, vilken hade makt att om så krävdes omedelbart upplösa arrendet och avhysa därvarande arrendator.

På slaget 11 arresterades Blackwell av kaptenen i livgardet baron Otto von Flemming, biträdd av löjtnant Sparre och en mindre tropp gardessoldater i gevär och full mundering. På hög befallning, som kaptenen myndigt uttryckte sig, varpå Blackwell avvisiterades och fråntogs de fåtaliga papper han vid tillfället bar på sig. Dokument vilka egentligen endast hade anknytning till det aktuella gårdsarrendet, men som ändock inlades i ett konvolut vilket strax därpå förseglades och påfördes baron von Flemmings personliga sigill.

– Namn?

– Alexander George Blackwell.

– Nationalitet?

– A noble scotsman, gentlemen, från Aberdeen.

Blackwell satt nonchalant tillbakalutad på den höga, raka stolen, med korslagda armar och med ett spydigt leende på de smala läpparna. Genast efter arresteringen hade han förts till det kungliga slottets mindre rådssal för att där underkastas ett första inledande förhör. Framför Blackwell, och bakom det stora svartbetsade rådsbordet, satt tre av rikets förnämsta rådsherrar. Hans excellens greve Tessin: högaristokratisk, ytterst självmedveten och arrogant. En man vars hunger efter makt och personlig ”gloire” gjorde honom till en oförsonlig och fruktad fiende gentemot var och en som förnekade honom denna hans fäderneärvda och självbespeglande supremati. Hattpartiets ledare och i dessa dagar svårt ansatt både in- som utrikespolitiskt. Inbegripen i en strid på liv och död med oppositionens mössor och dessutom – som om inte allt detta var nog – hemsökt av förgångna tiders politiska och fasansfulla missgrepp.

Ehrenpreuss, riksråd och ”storhatt”, Tessins handgångne man. Slutligen överstemarskalk Åkerhielm, katten bland hermelinerna. Mösspartiets oomstridde ideolog och anförare. De ryska och engelska hovens lojala kreatur, och vid denna tid engagerad i en personlig och hätsk maktkamp med just greve Tessin. För skenets skull, får man väl förmoda, inviterad att delta i det nu aktuella förhöret.

– När kom ni till Sverige första gången, mister Blackwell?

– Låt mig se...juni -42, tror jag bestämt. Ja, just det, 7 juni. Inbjuden och obligerad, som ni mycket väl vet mina herrar, av den svenske ministern i London, mister Wasenberg. En hedersman, I'm certain, men de 300 pund sterling som han lovade mig vid avresan från London har jag ännu inte bekommit.

– Och anledningen till hitresan?

– Well, your excellency, som svenskt riksråd känner ni naturligtvis till att jag blev efterskickad på grund av mina, med förlov sagt, synnerligen gedigna kunskaper i lantbrukets odling och kultivation. I akt och mening, mina herrar, att i någon mån bidra till det svenska jordbrukets utveckling. Och detta med stor förtjusning, I assure you.

Tessin smålog surt.

– En agronomisk kunskap herr Blackwell, vilket väl också bör framhållas, som börjar ifrågasättas av allt fler.

Blackwell blev illande röd under den vitpudrade pungperuken.

– Herr Tessin, jag undanber mig på det bestämdaste era insinuationer. Jag måste ändå få påpeka...

Tessin skyndade sig att inflika.

– Seså, Blackwell, mina påståenden är naturligtvis inte gripna ur tomma luften. Vad jag syftar på är den reserapport som vår store botanicus herr von Linné behagat tillställa rådet för kännedom. Där nämns bl.a. kungsgården Ollestad vid Säm, som ju sedan något år tillbaka står under ert arrendesvar, inte sant?

– Quite so, herr excellens.

– Nåväl. Herr von Linné påtalar däri att gården alltsedan den kom i er ägo har fått tåla total missväxt och att rågbeståndet vid tiden för resan var i ett bedrövligt skick. Och detta, fortfarande enligt vår gode Linné, beroende på den befängda idén att blanda matjorden med sand under det minst sagt märkliga påståendet att sanden inom något eller några år skulle vittra sönder till en mer näringsrik matjord, eller om ni så behagar, till svartmylla. Kan detta verkligen stämma, Blackwell?

Det ryckte i mungiporna på Tessin då han roat iakttog den lille skotten som nästan märkbart tycktes krympa ihop på den högryggade stolen.

– Som sagt, herr Tessin, jag måste ändå få påpeka att mina kunskaper inom lantbrukets skötsel och uppodling, vilka ni så oförsynt behagar sätta er till doms över, dock har premierats på ett lysande sätt av den kanske i slika frågor mest behöriga instansen här i riket, nämligen Handels- och manufakturkontoret. För mina, som dessa herrar tydligen ansåg, dyrbara insatser inom jordbrukets kultivering har jag till följe av ett kungligt brev erhållit en årlig lön uppgående till 2.000 daler silvermynt. Därtill en längre tids skattebefrielse, och mycket riktigt herr excellens, gården Ollestad. Av allt detta skulle åtminstone jag sluta mig till att det fortfarande finns folk som värderar ett gott och kunnigt dagsverke.

— Ni vet lika väl som jag, Blackwell, att denna årliga reveny indrogs bara något år efter dess fastställande. Man kan nog med visst fog påstå att manufakturkontoret undkom med blotta förskräckelsen.

— Lappri, herr excellens, jag kan inte tänka mig annat än att det i den delen föreligger ett beklagligt missförstånd vilket emellertid snart bör vara uppklarat. Of that I'm sure! Sant är dock att man till dags dato är skyldig mig 10.000 daler i reda silvermynt. Låt mig nu bara få tillägga en sak då det gäller mina kunskaper i jordbruk vilket herrarna så oförskämt ifrågasätter. Har ni möjligtvis tagit del av den avhandling i ämnet som jag utgav för endast något år sedan? Den bör väl om något ta gadden av all obillig kritik.

— Ett rent plagiat...Tessin småskrattade...ni tycks vara förtjust i att uppträda med lånta fjädrar, herr Blackwell. Avhandlingen som ni nu berömmer er av har ju visat sig vara en simpel översättning av den kände engelsmannen Jethro Tulls stora bok om lantbruk som utkom i London för snart 15 år sedan. Till denna har ni dessutom haft den exempellösa fräckheten att använda er av en hel del fotnoter ur kongliga svenska vetenskapsakademiens handlingar under det bedrägliga skenet att även detta härrörde ur egen fatabur. Humbug, Sir, ren och skär humbug!

Blackwell bleknade märkbart.

– Hör nu, herrarna...

Greven klippte effektivt av:

– Gift?

– Oh, yes! svarade Blackwell belåtet efter att åter ha lugnat ner sig. Och det med den mest älskvärda av kvinnor. Mrs. Elizabeth Blackwell. Jag förmodar att namnet är bekant för herrarna? Herbarium Blackwellianum? Utan tvekan en av de yppersta floror som utgivits under senare tid. Därför väckte den också stor och berättigad genklang i hela den civiliserade världen. I två band, mina herrar, folianter på äkta regalpapper. Inneslutande, om jag nu minns rätt, femhundra kopparstuckna och vackert färglagda medicinalväxter. Som titeln nogsamt antyder kreerad av mig och min hustru i ett varmt och nära samarbete.

Blackwells ansikte sprack upp i ett självmedvetet leende.

– Åh, jag försäkrar, den väckte stor beundran då den utkom, och det med all rätt. Dessutom, vilket kom mycket väl till pass och gladde oss bägge mycket, erhöll den en äreskänk uppgående till en betydande summa penningar.

Riksrådet Ehrenpreuss protesterade upprört:

– Herr Blackwell, jag är väl bekant med verket ifråga och tillstår mer än gärna dess förtjänster. Men då måste också sägas att detta förnämliga arbete helt och hållet ska tillskrivas er hustru Elizabeth. Er medverkan, om det nu överhuvudtaget funnits någon sådan, nämns icke med ett ord. Varken i inledningen eller för den delen i notförteckningen. Korteligen, mister Blackwell, ert namn förekommer inte på någon enda sida i hela boken. Hur kan ni då ha mage att påstå att ni har varit delaktig i verkets tillkomst?

– Må så vara, herr Ehrenpreuss...svarade Blackwell avmätt...att mitt namn av en eller annan anledning fallit bort i den slutliga redigeringen – lakuner i korrekturet, måhända, vad vet jag? Där kan finnas många orsaker – men jag kan uppriktigt försäkra er om att jag bland mycket annat varit

behjälplig vid den språkliga utformningen som i sig, törs jag
påstå, krävde en avsevärd arbetsinsats.

– Det var väl snarare så, Blackwell, om vi nu ska vara är-
liga...riksrådet flinade försmädligt...att ni vid tiden för flo-
rans publicering satt häktad i London för uppenbart gälde-
närsbrott, och hade gjort så i två års tid. Till saken hör väl
också att den äreskänk som ni behagar skryta om mycket
riktigt kom väl till pass, men det av den enkla orsaken att er
stackars hustru tvingades tillgripa den i sin helhet för att
kunna lösa ut er, min gunstig herre, ur bysättningshäktet.
Eller hur, herr "doktor"?

Blackwell vred irriterat på sig i stolen.

– Mister Ehrenpreuss...sa han men tystnade strax och log
resignerat. Efter en kort stund vände han sig mot greve
Tessin.

– Herr excellens, här tar man heder och ära av min per-
son utan att jag på minsta vis blivit underrättad om vad
saken egentligen gäller. Befinner jag mig under arrest? Om
så inte är, varför har man då berövat mig mina personliga
papper och ägodelar och fört mig hit till något som alltmer
börjar påminna om ett regelrätt rannsakningsförhör i all sin
förolämpande otidighet? Men å andra sidan, om jag nu ska
betrakta mig som häktad, bör jag då inte bli upplyst om det
brott som jag gjort mig skyldig till? Bör jag inte få konfron-
tera aktors påstående och straffyrkande för att genast
kunna bestrida detsamma? Jag har väl ändå rätt att få veta,
herr greve, hur anklagelseakten ser ut?

Tessin betraktade med synbart löje den ilskne engelsman-
nen som satt framför honom. Kortvuxen, magerlagd, klädd
i en mörkblå livrock över en krämfärgad sidenväst och en
vit, kråsprydd linneskjorta. Det knotiga ansiktet, nu spänt
och med de tunna läpparna hårt sammanbitna, inramades
av en vit pungperuk med dubbla örlockar. Små, plirande
ögon som glittrade av vrede. Överkroppen lätt framåtböjd
och med de smala, välformade, nästan kvinnliga händerna

15

vilande på de sammetsklädda låren. Förakt...högdraget, nedlåtande förakt var nog den känsla som framförallt intog greven då han i djup begrundan iakttog den oansenlige lille mannen som haft den oerhörda fräckheten att melera sig i de "höges", noblessens, politiska kannstöperier. Men, sanningen att säga, Tessin erfor nog även ett styng av samvetets nålvassa pilar då han ju klart och tydligt insåg hur lämpligt i tid Blackwell hade gett sig tillkänna. I grevens tid, så att säga.

– Så småningom, käre Blackwell, i sinom tid. Till dess vore det onekligen klädsamt om ni inte spelade helt ovetande om de stämplingar och oegentligheter som ni, bevisligen vill jag påstå, har ägnat er åt den senaste tiden.

Blackwell brusade upp och reste sig halvvägs ur stolen.

– Jag varnar er, Tessin, ni kommer ingen vart med grundlösa beskyllningar. Jag vet min rätt, and by God, gentlemen, jag vet ock att bruka den. Ni bör nog vara medvetna om att jag har goda försänkningar inom vissa utländska hov – tro mig, herr excellens, betydligt mäktigare än det svenska! – vilka jag heller inte tvekar att använda mig av om så skulle visa sig nödvändigt.

– Stilla er, Blackwell, och låt oss då äntligen kontinuera...

2

SVEA RIKE SÖNDRADES sedan ett antal år tillbaka av svåra inre maktstrider. De ledande partistrukturerna, hattar och mössor, bekämpade varandra med dragna huggvärjor i sin snikna strävan att slå sig fram till maktens köttgrytor. Landet formligen riste under den tunga bördan av korruption, högförräderi och onda lönnmordsanslag. Dränktes under den våg av politiska förföljelser som sköljde över städer och byar. Smädeskrifter regnade över riket och brändes offentligt på bål av skarprättaren på stadens torgplatser. Gärningsmännen, auktorerna, i den mån de kunde uppletas, kastades i fängelse "vid vatn och bröd", drevs i landsflykt eller fjättrades vid skampålarna där deras nakna rygghud brast under lagens skärande spöknippen.

På lögnens vingar spreds rykten till rikets alla vinklar och vrår. Än talades det om att genom förgiftning likvidera gamle kung Fredrik och på tronen sätta kronprins Adolf Fredrik, beklädd med enväldets insignier. Än om att störta regeringen, jaga tronföljarparet ur landet och insätta en dansk prins eller möjligen en engelsk hertig på den svenska tronen. Det påstods med bestämdhet att bostadsfrågan för regeringspartiets ledande män, rikskanslirådet greve Carl Gustaf Tessin och den nitiske hatten och mössätaren Nils Palmstierna, redan hade ordnats genom att kejsarinnan Elisabeth av Ryssland välvilligt hade ställt ett antal boningar i Sibirien till förfogande.

Regeringen, det svenska riksrådet – behärskat av hattpartiet – orerade om

> "åtskillige dristige, eftertänkliga och fördärvliga
> anläggningar hemligen å färde vara, hvarigenom

Riket till sin säkerhet, Successionen till sitt bestånd och Riksens ständer till sina Fri- och rättigheter kunna sättas uti våda och äventyr. Men som den Högstes barmhärtighet, varav detta Rike så ofta rönt underbara prov, tillskrivas bör att Sekreta utskottet erhållit tidiga varningar, och att slika farliga anslag icke fått uti mörkret invänta sin mognad och verkställighet, så tror Sekreta utskottet sin plikt vara att med Lag, Försiktighet, Lämpa och Kallsinnighet tillgripa de mått och steg som vid ett sådant tillfälle kan anses vara nödvändiga".

Tumskruvarna gnisslade ännu ett snäpp. Förräderikommissioner tillsattes. Kadrer av angivare sökte sig till partikanslierna, uppsattes på lönelistorna och rosades för sitt högst patriotiska tänkesätt.

Politiska rättegångar skrämde oppositionen till räddhågad och undfallande tystnad. Det svenska rättsväsendet skakade i sina grundvalar medan för makten obehagliga fakta doldes under sekretessens obönhörliga sigill.

Stockholms gator patrullerades av beväpnad stadsvakt, bemyndigade av magistraten att vid minsta tecken på misstänkt beteende beordra fram legitimerande dokument och passhandlingar av var och en som vistades inom stadens tullar.

Den ryske envoyén i Stockholm klagade bittert över de upprepade arresteringsvågorna som decimerade hans skara av besoldade spioner " då det torde bliva svårt att skaffa nya under dessa farliga omständigheter då ingen går säker för arrestering."

På kontinenten rasade det österrikiska tronföljdskriget alltsedan år 1740 då den habsburgske kejsaren Karl VI av Österrike hade avlidit och efterträtts av sin blott 24-åriga dotter Maria Theresia. Redan i december samma år hade preussiska arméstyrkor under befäl av Fredrik II och generalfältmarskalk Kurt von Schwerin överskridit gränsen till den österrikiska provinsen Schlesien och inom endast ett fåtal månader gjort sig till herrar över en av Europas mest välmående landsdelar. Fältet var därmed upprivet och den nyblivna drottningen av Österrike såg sig snart till sin förfäran omgiven av ett antal små och medelstora predatorer med ulvagapen Frankrike och Preussen i spetsen, vilka girigt öppnade sina dreglande käftar för att slita åt sig ett så stort stycke som möjligt av den sammanfallande habsburgska domänen.

Mot slutet av år 1746 blödde Habsburg ymnigt ur de djupa hugg som dekapiterat imperiet på de mest blomstrande och närande riksdelarna. Maria Theresia vred sina händer i hulkande vanmakt omgiven av förtvivlade rådgivare och av sin loje make kejsar Frans, vilka med gemensamma krafter bönade och bad om fredsförhandlingar och äntligt lugn och ro i riket.

Kriget hade för länge sedan svällt över sina bräddar och lämnat Europas trygga landgränser för att parallellt med de kontinentala drabbningarna utkämpas i en transocean kraftmätning mellan Frankrike och England. En kamp om handel och sjöfart på de stora världshaven, om kolonialväldenas utbredning och konsolidering i Nordamerika, Västindien och Indien.

I juli 1746 ankom till Stockholm den ryske ministern och baronen Johan Albrecht von Korff. Storkansler Alexander Bestuzjew-Riumins handgångne man och sedan många år rikskanslirådet greve Tessins bittre och högst personlige fiende. Denne Korff tillhörde enligt greven *spyflugesläktets otäcka, gaddlösa sölare* vars val till envoyé i Stockholm lände Bestuzjew till heder, *ty sannerligen, det är inte möjligt att finna någon så kapabel som monsieur de Korff till att utföra alla de hemskheter som man möjligen kan önska.* Men av mössorna, les bonnets, hälsad som en politisk frälsare, bönhörelsen från sion. Med den ryske ministerns benägna bistånd och med grabbatag ur hans till bristningsgränsen rubelfyllda kassakistor, skulle nu äntligen det vidriga motpartiet bjudas ringbajonettens skarpslipade spets och ställas till svars för forna oförrätter. Korffs instruktioner var också därvidlag klara och otvetydiga. Pro primo: störta den fransksinnade hattministären och krossa riksrådet Tessin och hans förhatliga anhang. Och när denna mission väl är utförd, lägg regeringsmaktens tyglar i händerna på de ryssvänliga och patriotiska mössorna. Pro secundo: se till att lägga hinder i vägen för, helst helt avskära, alla nära och förtrogna förbindelser och alliansförhandlingar med de gentemot Ryssland fientliga stormakterna Frankrike och Preussen. Och i det sammanhanget noga observera det illasinnade ränkspel som härrör från det svenska kronprinshovet och då framförallt närgånget skärskåda den makthungriga prinsessan Lovisa Ulrika, den preussiske konungens syster, som alltsedan barnsben insupit despotins allenahärskande principer. Dessutom varmt bevågen både greve Tessin och den franska nationen, och som till yttermera visso i ett brev till den Store brodern kallat Korff *en grobian, som i allt har en forkarls egenskaper.*

Korff stod emellertid inte ensam i det ryska korståget mot Tessin och hans franskvänliga hattministär. Ett värv, för övrigt, som den ryske envoyén alltmer kom att betrakta som en personlig vendetta gentemot den hatade greven. England, sedan en längre tid tillbaks intimt allierad med Ryssland, hade nämligen uttryckligen befallt **sin** gesant i Stockholm, överste Melchior Guy Dickens, att nära och vänskapsfullt samarbeta med von Korff för att så snart som möjligt eliminera excellensen Tessin och det fransktalande hattanhanget. Den engelske utrikesministern för det Norra departementet, lord Chesterfield, besvor sin representant i Stockholm att tillsammans med den ryske ministern *tvinga Sverige in på den rätta vägens politik,* och att med utnyttjande av alla sina resurser arbeta på att *förjaga greve Tessin, and the rest of the French Faction, för att därigenom kunna bereda rum för det välsinnade partiet i Sverige*, dvs. mössorna.

Tessin var naturligtvis inte helt okunnig om det djävulska irrspel som försiggick bakom hans rygg, och som klart uttalat syftade till hans politiska och ekonomiska misär. Anade åtminstone, vilket ofta kom till uttryck i mer eller mindre hatfyllda utlåtanden visavi sagda personager. Exempelvis i den nidbild av överste Guy Dickens med familj som han lät mångfaldiga och kringsända: *Herr överste Guy Dickens kom till Sverige som engelsk minister år 1743. En liten och fyrkantig man med huvudet mellan axlarna, stinna ögon, uppblåsta kinder och tjocka läppar. Hopbakad av hätsk galla, sura vätskor och jäsande blod. Har mångahanda griller. Frun grov i lynne och åthävor; super friskt. Sönerna gathundstyranner, dem de lockade in i huset och övade sig på att halshugga. Deras "schavott" var först belägen i Törnflycktska huset på Götgatan, nu i det Lefflerska eller sista huset på Drottninggatan. Kort och gott: rent pack!*

Bakom de höga herrarna von Korff och Guy Dickens, men icke förty i skön maskopi med dem, stod Niels Krabbe von Wind, Danmarks chargé-d'affaire. Helt i enlighet med den Vänskaps- och allianstraktat som Danmark ingått med Ryssland i juni -46. Till detta för Sverige så illavarslande faktum tillkom så den spektakulära nyheten om den danske kronprins Fredriks tronbestigning i augusti månad samma år. Under namn av Fredrik V. Samme Fredrik som i det svenska tronföljarvalet -43 hade kasserats till förmån för den nuvarande kronprinsen, Adolf Fredrik. Detta trots att stora grupperingar inom den svenska nationen hade önskat den danske kronprinsen till svensk tronföljare. Det var nog inte att ta miste på att Fredrik än idag, och nu som dansk kung, hyste agg mot dem som då motarbetade honom, i huvudsak just greve Tessin och hans välpolerade hattar. Den stora frågan för dagen i det fallet var naturligtvis huruvida den danske monarken fortfarande pretenderade på den svenska tronen, eller, vilket Gud förbjude, som en smärre ersättning för sina krav begärde återställandet av de i Roskildefreden år 1658 förlorade provinserna Skåne, Halland, Blekinge och Bohuslän.

Under sådana olycksbådande omständigheter utblåstes i september månad år 1746 den sedan länge emotsedda riksdagen. Till en början gick allt väl för mösspartiet. Till stormäktig Lantmarskalk, myndigt residerande på Riddarhuset inför adel och ridderskap, utsågs den trogne mössan överste Matthias von Ungern-Sternberg. Möjligen alltför medgörlig och kompromissvänlig, men en man som ansågs kunna ena stridande viljor. Då valet av översten offentliggjordes log von Korff med hela sitt skarpskurna ansikte och sade belåtet:

– Wir bedanken uns freudlich, meine herren! Vi tackar allra ödmjukast. Låt nu också fortsättningen infria en sådan lovande början!

Nu ska genast sägas att den ryske ministern knappast tillhörde den kategori av homo politikus som förlitade sig på något så obestämt och godtyckligt som varje medborgares och riksdagsledamots obestridliga rättighet att utifrån sina egna kunskaper och erfarenheter själva avgöra vilket politiskt parti och system som han ville tillhöra och understödja. Tvärtom, dessvärre! Korff hade alltid levat efter den mindre hedervärda principen att genom hot och politisk utpressning så att säga hjälpa den i en valsituation stående medmänniskan på traven. Så, tyvärr, även denna gång! Efter utnämningen av Lantmarskalk återstod andra nomineringar av kanske än högre dignitet. Framförallt valet till Sekreta utskottet, riksdagens mångtaliga och egenmäktiga maktcentrum, vilket var beräknat att gå av stapeln någon gång i slutet av september. Därefter, vid juletid, de vakanta rådstaburetternas besättande. Enligt det ryska utrikeskansliets och von Korffs sätt att se på saken var det alltså hög tid att med hjälp av en nypa militärt våld leda de ännu osäkra riksdagsledamöterna in på rätta tankebanor. Således helt följdriktigt, och i mitten av september, inrapporterades därför till kansliexpeditionen i Stockholm att 26 ryska galärer, fullt bestyckade och försedda med sammanlagt 4.000 infanterisoldater – motsvarande 4 moskovitiska fotregementen – siktats på svenskt vatten alldeles utanför Helsingfors. I hotfull kommandoton hade dessutom det ryska sjöbefälet krävt att få landsätta trupp på svenskt territorium. Syftet med debarkeringen var emellertid höljt i djupaste dunkel.

Den här gången misslyckades den ryska aggressionen och Sekreta utskottet kom efter valdagen att i stor utsträckning domineras av hattar, naturligtvis till mössornas och inte minst von Korffs argsinta förtret. Bara någon månad härefter bestormades den ryska utrikesledningen av mösskoryféernas landsförrädiska böner om att låta *10 regementen och 1.000 kosacker marschera upp och intaga positioner utmed det Karelska gränsavsnittet,* för att genom en sådan kraftfull demonstration av militär potens möjligen kunna böja nacken på det tyranniska hattpartiet. I samma ödmjukt hållna böneskrift bad det svenska mösspartiet enträget den ryska kejsarinnan om omedelbar hjälp för att ur riksråd och ministerium rensa bort de herrar höghattar som bar ansvaret för det senaste kriget mellan Sverige och Ryssland. Häri låg givetvis en dödlig fara för hattpartiets rådande ledargarnityr, i synnerhet för riksrådet Tessin, som ju varit en av de ivrigaste krigshetsarna tiden före själva krigsförklaringen i juli -41. Nog mindes gemene man fortfarande hattarnas yviga fosterländskhet och rabiata rysshat som successivt piskade upp en hatstämning gentemot den ryske barbaren i öster. På den tiden genljöd Stockholms gator och kroglokaler av krigisk skaldalek:

Att älska neslig fred
Förskämmer varje led.

Men att vara lejon lik
Av rov göra sig rik,
Det hör till svenska troppar.
Dra värjan tappert ut,
Gå på med lod och krut...

I hemliga hattkonseljer och deputationer spikades fälttågsplaner och uppsattes sangviniska listor på vad som skulle erövras. I första hand, naturligtvis, de år 1721 till Ryssland förlorade provinserna i balticum: Estland, Livland, Ingermanland. Men inte nog med det! Hela landområdet mellan Ladoga och Vita havet – inneslutande bl.a. den ryska flottbasen Kronstadt, S:t Petersburg(!?), floden Newa m.fl. orter och lokaliteter – borde vid ett lyckosamt fredsslut införlivas i det svenska riket. De hallucinatoriska stormaktsdrömmarna skönjde inga gränser. År 1741 i Paris lät sig greve Tessin, rustad för bardalek, förevigas av den franske målaren Louis Tocque. Martialiskt blickande under en välpudrad traubenperuk, iklädd ett svartglänsande bröstharnesk i stål...*dra värjan tappert ut, gå på med lod och krut...*

Då greven senare underrättades om Sveriges officiella krigsförklaring mot Ryssland hälsade han nyheten med följande yverborna ord:

– Herren den allrahögste, vilken är härarnas Gud, han välsigne Eders Kongliga Majestäts vapen med lycka, seger och framgång, på det att Svea rike efter ett kort krig måtte återvinna sin forna styrka, sitt höga anseende och sitt välförtjänta välstånd.

Två år därefter var katastrofen ett faktum. Skymfen svidande och outplånlig. Finland intaget av rysk härsmakt och den svenska armén respektive flottan slagen till slant, neslingen utjagad och utskämd. Till råga på eländet florerade vid denna tid en för Sverige synnerligen generande anekdot rörande förhållandena i den svenska armén. En svensk soldat hade blivit tillfångatagen och förd inför den ryske generalen James Keith, bördig från Skottland. Följande konversation ska då ha utspelat sig:

Generalen: Kan ni säga mig, min vän, om man i det svenska fältlägret lider brist på livsförnödenheter av olika slag?

Soldaten: Nej, herr general, icke på provianteringsartiklar eller andra förnödenheter, men vi har inga generaler.

– Vafalls? Är de då döda allihopa eller har de möjligen rest hem?

– Intetdera, herr general, de duger helt simpelt icke!

– Duger de icke?

– Nej, just det, herr general. Därför har kamraterna skickat mig hit till er för att fråga om vi inte kunde få byta generaler med den ryska armén åtminstone under en dag. Då kan jag lova er, herr general, att inte ens ett tjog av era ryssar skulle undkomma med livet.

Mellan 30 och 40.000 man döda. En del, det är sant, fallna i regelrätta fältslag, men storparten omkomna genom svält och grav undernäring eller som offer för grasserande farsoter, främst den djävulska rödsoten. Krigskostnad: drygt 16.000.000 daler silvermynt. Plus, naturligtvis, en nation i moralisk och ekonomisk misär. Men också en nation som med ljus och lykta letade efter upphovsmännen, krigshetsarna, syndabockarna. Den politiska nomenklaturan, dvs. hattcheferna med greve Tessin i spetsen, avskuddade sig all skuld och pekade unisont på arméns överbefäl och då i huvudsak på generalerna Lewenhaupt och von Buddenbrock. Domen blev hård:

– Kopf ab!

...verkställd tidigt i gryningen den 4 augusti 1743.

Androm till skräck och varnagel!

Och nu, drygt tre år efter fredsslut och avrättning, bestämda och högljudda krav från mösspartiets sida om ett raskt återöppnande av hela den stinkande varbölden och därmed en förnyad granskning av krigets förmenta och skuldbelastade tillskyndare. En revision som utan tvekan skulle innebära hattpartiets utplåning och för greve Tessin personligen ett bryskt och vanhedrande slut på den politiska karriären, höljd i skammens narrkåpa. För att nu inte tala om möjligheten av än allvarligare följder...

Till all denna smälek kom så fredagen den 11 november 1946 då Korff vid en audiens på slottet hotade den svenske tronföljaren Adolf Fredrik med den ryska kejsarinnans eviga onåd och fiendskap om han inte helt och hållet avbröt alla förbindelser med riksrådet Tessin och hans illfula anhang.

Där fanns onekligen stunder då greven rös av ångestmättat obehag, nätter då han plötsligt vaknade ur en orolig slummer av profossens hesa skrik...

– Kopf ab!..Kopf ab!..Kopf ab!..

Motåtgärder var av nöden. Skyndsamma och om möjligt dödligt effektiva.

Vid julhelgen -46, då många av riksdagsledamöterna – enkannerligen mössor – rest hem för några veckors efterlängtad vila, slog hattarna till. Valen till de vakanta riksrådstaburetterna genomdrevs och utföll i allo till hattpartiets belåtenhet. Stödd på en betryggande majoritet i rådskammaren kunde nu Tessin och hans politiska trosfränder med förnyat mod i barm gå till attack mot de landsförrädiska och ryssfraterniserande "nattmössorna". Som en första åtgärd intogs ett starkt befäst brohuvud kring det unga tronföljarhovet som väckt sådan fosterländsk tillgivenhet hos den svenska allmogen och stadsmenigheten. En känsla som Tessin visste att bearbeta och förhöja genom att låta kronprinsparet tillsammans med sin i januari -46 födde tronarvinge upprepade gånger ställas ut till beskådande på den politiska scenen, omstrålad av kunglighetens yppersta solglans. Därefter, för att väcka menighetens hat mot det fördärvliga mösspartiet, utsprida arglistiga rykten som visste förtälja att de förhärdade mössorna önskade omstörta tronföljden och på ett eller annat hiskeligt sätt göra sig av med lille prinsen och hans höga föräldrar. På tronen skulle sedan sättas antingen hertigen av Cumberland – den engelske kungen Georg II:s favoritson – då förhoppningsvis förmäld med den danske kungens syster, Louise; eller, som ett fullgott alternativ, den debile storfursten Peter av Ryssland. Där förekom även andra propåer, ex. arvfursten av Hessen-Kassel.

Den 7 februari 1747 arresterades linnefabrikören och mössan, tillika Korffs anhängare, Abraham Hedman, för "förgripligt tal rörande den svenska successionen", varvid hattarna högstämt anförde att plikten nu krävde "att stämplingarna mot arvfursten på alla upptänkliga sätt måste bringas i dagen".

Inte långt härefter, inom samma månad faktiskt, häktades handelsmannen Kristoffer Springer. Angiven och anklagad för samma högförrädiska majestätsbrott som Hedman. Springer var utan tvekan en sann "ryss", men några bevis för brott mot tronföljden kunde svårligen uppletas.

Senare på våren samma år drogs riktlinjerna upp för den stundande klappjakten på mössornas främste anförare, riksrådet Samuel Åkerhielm.

Schavotten var upprest. Bödelsyxan vilade säll i sitt noggrant smorda sälskinnsfodral i vällustig förbidan på blodiga nackanyp...

3

uti mindre rådsrummet.

– Barn, Blackwell?

– Två, herr excellens. Betsy och lill-Alex...Alexander. Skänker from the good Lord, no doubt.

Blackwell tystnade och erinrade sig sorgset Elizabeths förtvivlade rader i det senaste brevet från Skottland.

> *Jag blev mycket sårad av att du inte skickade pengarna som du lovade. Vad tror du att barnen och jag ska kunna leva på? Det har alltid varit så att de pengar som jag någon enstaka gång har fått genast har gått till räkningar och till betalningar på de lån som jag har varit tvungen att ta. Därför har jag nu mycket litet kvar. Och hur mycket tycker du nu att jag ska sätta mig i skuld för då jag har varit så länge utan pengar? Jag hoppas att du har sänt en del innan du får detta brev annars är allt förlorat, eftersom jag inte har den bittersta aning om hur jag ska kunna få några andra pengar i den hopplösa situation som jag nu befinner mig i.*

Men vad fanns väl då att göra? Missväxt i fjol igen. Arrendet skulle betalas, likaså gårdsfolket. Trots detta vägrade Manufakturkontoret enständigt att utbetala innestående fordran och dessutom årets lön och övriga arvoden. Till råga på allt detta krävdes nu omedelbara reparationer på mangården som alldeles fått förfalla. Ny humlegård måste anläggas, åtskilliga famnar gärdsgårdsstörar anskaffas, östermyren utdikas...Han skämdes när han tänkte på vad han hade skrivit till Elizabeth den där gången då han först tillträdde Ollestad: *I promise you, my dear Elizabeth, den här gården ska jag försätta i det allra bästa tillstånd...on a superfooting, Elizabeth, on a superfooting.* Halvåret senare hade Elizabeth svarat: *Det måste vara en bra dålig egendom som inte förmår producera någonting alls av bestående värde. Trots att du har både bostad och gård så kan du inte ens tjäna 120 pund på någondera av dem. It's very hard on me and the children...*

Han kunde fortfarande in på bara huden känna den brännande förödmjukelsen då han första gången läste de uppgivet raljanta raderna. Den intensiva känslan av själväckel, följt av ett pyrande raseri...

Tessin harklade sig högljutt och såg uppfordrande på Blackwell:

– Herr ”doktor”, n'est-ce pas? Eftersom ni redan har tjänstgjort minst ett år som extra ordinarie livmedicus hos vår älskade kung Fredrik, så bör väl den titeln onekligen kunna läggas till den av arrendator? Däremot, på vilka grunder ni tituleras doktor, är för mig liksom för så många andra en stor gåta. Ni har ju trots allt ingen svensk läkarlegitimation. Vi kan heller inte bland alla era beslagtagna papper, eller annorstädes för den delen, hitta något dokument eller intyg på att ni har avlagt någon som helst medicinsk examen vid universitetet i Aberdeen. Detta har ni ju ändå hela tiden hävdat. Med handen på hjärtat, Blackwell, har ni då verkligen rätt att utge er för att vara doktor?

– Most certainly, Sir! Jag kan naturligtvis missta mig, men jag tror bestämt att promoveringen celebrerades någon gång under våren 1730, och då just vid Marischal college. Om jag dessutom inte minns helt fel så var det under ledning av the venerable doctor Robertson.

Blackwell rätade på ryggen och såg stint på kanslirättens ledamöter:

– Men om rätten så önskar kan jag naturligtvis skriva till min kära hustru i Aberdeen om saken?

– Nåja, genmälde Tessin irriterat, det kan också bero tills vidare. Det påstås för övrigt att ni är mycket förtjust i dubbla doseringar vid era medicinska förskrivningar. Det vill säga, i stället för ett lod av ett visst läkemedel ordinerar ni gärna skålpundet fullt?

– Av den enkla anledningen, herr excellens...Blackwell snörpte förnumstigt på munnen...att jag av erfarenhet vet att en sådan dosförhöjning vid vissa svåra sjukdomar tenderar att förkorta den många gånger alltför långa läkeprocessen.

– Ni vet väl, herr doktor, vad man sjunger om er ute på Stockholms gator och i dess gränder?

Brett leende satte greven lornjetten för ögonen och läste högt ur ett vältummat kvartsark:

Fast mången blev frisker så dödde dock fler
av dem jag här hade att läka.
Det går så ibland, när man tror Bönhasare mer,
och förfarna Doktorer bortjagar,
som tusende sjukdomar känna.

En våg av rödstrimmig vrede sköljde över Blackwells anlete:

– Hur understår ni er, herr Tessin, att så utan rodnad vidarebefordra och underblåsa ett sådant infernaliskt och djupt ärekränkande förtal? Har ni då ingen skam i kroppen?

Blackwell hade rest sig upp och hötte med den knutna näven mot rådsbordet. Svetten rann puderstinn över det breda ännet och glänste fuktig på den krumma näsryggen.

– Jag kräver ett omedelbart slut på denna ömkliga charad och att jag nu på stunden får veta vad jag står anklagad för. Jag måste väl ändå ha rätt att få konfrontera aktors påstående och att äntligen få höra anklagelseakten i sin helhet?

– Sitt ner, Blackwell, eller jag tillkallar gardesvakt!

Tessins utrop ekade likt en pisksnärt i den stora rådssalen. I pur förvåning tystnade Blackwell och satte sig tungt ner på stolen.

– Ni ska vara medveten om en sak, mister Blackwell. Som ordförande i denna av ständerna tillförordnade kanslirätt så är det jag som enväldigt för ordet. Jag, min nådige herre, bestämmer hur förhandlingarna ska drivas, och först när det behagar mig kommer jag också att upplysa er om sakens rätta natur. Flera avbrott av det här slaget och jag lovar er att ni ska få gott om tid att i fångcellen begrunda er situation. Är detta helt klart, Blackwell?

Blackwell sjönk bokstavligen ihop inför åsynen av den vredgade Tessin som likt en nemesis tornade upp sig framför honom. De små ögonen utstrålade räddhågad undfallenhet då han fogligt och ursäktande svarade på grevens fråga:

– Jag ber tusen gånger om tillgift, herr Tessin, att jag förirrade mig på ett så obetänksamt sätt. Men ni måste väl ändå förstå och bejaka min rätt att få veta vad jag är misstänkt för? Eftersom jag nu inser att herr riksrådet senare ämnar ta upp just den saken så är jag därmed helt nöjd och inväntar med ödmjuk tacksamhet herr grevens beslut i den delen.

Blackwell bugade sig lätt. Tessin tog upp några papper från bordet och sa:

– Eh bien! Låt oss då gå vidare. Hur länge har ni hittills vistats här i staden?

– Omkring tio dagar, herr excellens.

– Varifrån kom ni?

– Från Västergötland. Nå, närmare bestämt från Ollestad.

– I vilket ärende?

– Som jag också många gånger tidigare har sagt blev jag efterskriven av Handels- och manufakturdeputationen som ålade mig att författa en detaljerad relation över mitt arbete på Ollestad, och i övrigt angående min verksamhet som pedagogus inom lantbruket. I det ärendet var jag stadd, herr Tessin, då jag plötsligt, och helt oförklarligt måste jag få tillägga, arresterades av en viss kapten Flemming vid livgar-

det varefter jag på det mest otillständiga sätt berövades,
förutom mina personliga ägodelar, även min ditintills
oklanderliga heder och ära.

– Seså, Blackwell, där fanns, och finns ännu i lika hög
grad, högst berättigade skäl och orsaker. Möjligen för er
förborgade, men likväl oantastliga!

4

DEN GAMLE TYSKEN Fredrik I satt alltmer slagrörd på den svenska tronen. Alltsedan år 1720 kung i ett land vars språk han knappt förstod, än mindre talade. Som majestät obetydlig, styrd av favoriter vars huvudsakliga uppgift var att tillförskaffa den vid denna tid drygt 70-årige monarken sexuell njutning, om så krävdes med hjälp av "de gemenaste horor". Som människa högst älskvärd och ytterligt generös. I synnerhet mot dem i hans omgivning som förmådde stilla hans sinnliga lustar.

Långa, välväxta fruntimmer med "svarvade" ben skulle det vara. Det riksomfattande drevet efter villiga kvinnor, företrädesvis av yngre årgång, anfördes mestadels av översten och kabinettskammarherren Kalling i skön maskopi med kommerserådet och hovmarskalken Broman. Kung Fredriks "brinnande böjelse för fruntimmer" var väl känd i hela riket. Rikskunnigt var också att drottning Ulrika Eleonora djupt bedrövades av sakernas beklagansvärda tillstånd, och man befarade att hon sakta "fräter sig till döden". Greve Tessin noterade i sin dagbok att Reine Ulrique Eléonore förnöter sin vardag med att läsa böcker av alla de slag, och detta utan större urskillning: *Resten av tiden dränker hon i tårar över sin makes otrohet, vilken hon älskade utan att själv någonsin vara älskad.*

Den gamle vällustingens frossande aptit på villigt kjoltyg var i sanning omättlig. Vid sidan av sina officiella mätresser *sprang kungen*, visste kronprinsessan att berätta, *alla dagar efter andra skönheter, för offentligheten okända, vilka han dagen därpå sorglöst avspisade.* Där Bromans och Kallings friarföljen drog fram igenskruvades fönsterluckorna och stängdes gårdstunens portar med dubbla slåar. Många är de historier som berättar om gamla, bräckliga mödrar – eller som kungen föredrog att kalla dem, "gamla pulverhäxor" – som med förtvivlans mod sökte skydda sina döttrar från den bryske konungens penetrerande verksamhet. Stundom lyckades de, men oftast fick vår fete Saturnus sin vilja igenom. Riksmätressen par préférence var den undersköna fröken Hedvig Ulrika Taube. Vid belägringstillfället 16 år, kungen 55. Den pekuniära ersättningen blev övermåttan stor och utnämningen till riksgrevinna von Hessenstein mottogs med bugande tacksamhet. Efter grevinnans död var Fredrik otröstlig i tio dagar, varefter det hessiska fursteblodet åter svallade hett och vilt av syndiga begär. Trots prästerskapets högljudda skrianden om brott mot Gud och världslig lag lät han strax på stunden installera den ståtliga mamsellen Beata Christiernin i salig grevinnans palats på Riddarholmen, inte långt från Kungshuset, varför han i rappet kunde bäras i sin bekväma porte-chaise var gång han önskade njuta av mamsellens ljuva behag. Ombyte förnöjer var dock den paroll under vilken kungens fruntimmersaffärer sköttes, och gav i fröken Beatas fall till resultat att hon inom kort fick ge plats åt en viss Brita Sofia Psilanderhielm, som i sin tur något senare visades på porten och ersattes med en frisk och fräsch fröken Palmfelt. Inte långt därefter, mot våren -46, svepte den högbenta, blott 25-åriga Catharina Ebba Horn in i den kungliga budoaren, *beväpnad med sitt yppiga behag och sin snart bortgångna mödom*. En kärleksaffär som nu, inför riksdagen 46/47, gjorde konungen ytterst sårbar för kraftfulla politiska påtryckningar. Framförallt från det maktägande hattpartiets sida som understucket hotade honom med att offentligt kritisera hans osedliga vandel och förvisa lilla Ebba från hovet, om konungen inte förstod att rätta sig efter den politiska vind som nu blåste. Till sin hjälp i dessa ljusskygga affärer hade hattpartiet förstått att för dyra pengar uppköpa hovmarskalken Broman, kungens specielle och högt betrodde favoritsutenör. En jovialisk och rundhylt frossare, en sannskyldig vivör och mutkolv som inhöstade stora penningsummor på sin kungliga koppleriverksamhet vilken var intimt förknippad med en omfattande lånerörelse som i sin tur alstrade högt uppdrivna fastighetsspekulationer. Allt slutligen sammanfallande i en gigantisk konkurs. Ett stort svart hål som likt vågor på vattnet genererade ett allt större antal rättsprocesser. Det var många som önskade "knipa" Broman för alla hans skälmstycken. Så ock assessorn i Bergskollegium, Emanuel Swedenborg, som tog en gruvlig hämnd efter bankruttörens död. I en av sina nattliga visioner såg Swedenborg hur Broman strax efter sin bortgång hastigt fördes till ett av de värsta helvetena i det så illa beryktade västra väderstrecket, *något mot sydväst, en bit ifrån centrum*, där bolmande, stickande rök ständigt välvde kring hålor och stinkande träsk. Här uppenbarades den avdöde hovmarskalkens alla synder och bovstreck:

> *att han mördat en kvinna och våldtagit många, förutom hundratals andra begångna äktenskapsbrott.*
> *I tur och ordning uppräknades därpå alla de skändliga bedrägerier han iscensatt, enkom för att utöka sin egen förmögenhet på de mest lönnliga smygvägar — Vilket allt slog änglarna med fasa!*
> [Domen kunde givetvis i det läget bara bli en]:
> *Nedstörtad i plågokammaren och redan på fjärde dagen svart som en djäfvul!*

Men dessutom en man vars odiskutabla inflytande över konung Fredrik på just denna riksdag gjorde honom till en ovärderlig medarbetare i Tessins och de andra höghattarnas sold. Det länder till noggrann eftertanke att han vid riksmötets avblåsning utökat sin personliga förmögenhet med åtminstone 40.000 daler kopparmynt, upphöjts i friherrligt stånd, utnämnts till president i kommerskollegium samt, ett

år senare, utkorats till serafimerriddare. För "tjänster"
utförda åt hattpartiet!

5

– Det har kommit till min kännedom, herr doktor, att alltifrån den stund ni inkom till staden har ni ägnat er tid åt fosterlandsfientliga stämplingar och fört ett mot nationen högst skadligt tal. Vilken sanning ligger månne i dessa allvarliga beskyllningar, Blackwell?

Rösten som nu ställde frågan var betydligt skarpare i jämförelse med greve Tessins mjukt modererade, måhända "smygande" stämma. I sin egenskap av tillförordnad kanslipresident hade hans excellens varit tvungen att avvika från rådssalen i ett angeläget ärende av hög utrikespolitisk halt. Förhöret hade därför övertagits av åklagaren, aktorn, tillika hattpartiets juridiske exekutor, herr Johan Rozir. En "kall" herre, behärskad, fåordig. Sträv och till ytterlighet reserverad men i politiskt hänseende hatt ut i fingerspetsarna och av den anledningen "matnyttig" och så att säga tryggt förutsägbar i den rättegång som nu förestod.

– Nå...?

Blackwell kände sig varm och nervös. Stämplingar? Vad visste man egentligen? Och hur, in God's name, hade överhuvudtaget någonting sipprat ut? Med en ansträngt raljant ton svarade han:

– Det är helt simpelt omöjligt, herr aktor, att jag ska ha sagt något som på minsta sätt kan ha varit till skada eller förfång för denna hedervärda nation. Jag törs nog påstå att jag är den bäste och mest fosterlandsälskande svensken i hela Europa.

– Om det nu förhåller sig på det viset...Rozir log misstroget...hur kommer det sig då att ni har talat med hans maje-

37

stät konungen, och kort tid därefter med herr presidenten Broman, om saker och ting som tveklöst måste anses falla under missgärningsbalkens drakoniska paragrafer?

– Men käre herr aktor, jag försäkrar er...Blackwell erfor med obehag hur munnen blev allt torrare... min audiens hos konungen, om det nu kan vara den ni avser, hade endast att göra med hans majestäts ovärderliga hälsa. Jag är ju ändock livläkare, som ni mycket väl vet. På min heder, herr Rozir, I can assure you, jag skulle aldrig kunna säga eller göra någonting som på minsta vis skulle kunna skada Sverige.

– Jag måste på det bestämdaste be er, herr Blackwell, att ni nu noga besinnar er och allvarligt betänker följderna av er halsstarrighet. Förekom där inte tal om penningar inför majestätet? Erbjudna för ett visst ändamål?

Blackwell började svettas och knäppte irriterat upp skjortans två översta pärlemorknappar.

– Pengar, herr Rozir? Skulle jag, som själv är utfattig, erbjuda hans majestät pengar? Åh nej, min bäste Rozir, saken faller helt och hållet på sin egen orimlighet.

– Än Guy Dickens då, Blackwell? Sas något i samtalet med konungen om den engelske ministern här i Stockholm?

– Må så vara att jag undsluppit mig någon anmärkning om att denne minister inte var särskilt väl sedd varken här i Sverige eller av det danska hovet. Kanske också att den danska drottningen gärna sett någon annan representant för sitt fädernesland här i Sverige. Men utöver dessa väl så oskyldiga påståenden kan jag inte erinra mig att hans namn mer nämndes.

– Det hade naturligtvis varit att föredra, Blackwell, om ni själv uppriktigt och ärligt erkänt och rekapitulerat samtalets innehåll. Som det nu är måste jag tillhålla er på det bestämdaste att lyssna på den relation över samtalets förlopp som nedtecknats i hans majestäts närvaro och av honom edligen undertecknats.

Rozir öppnade omständligt ett brunt foliokonvolut och tog därur tre fullskrivna ark vilka han snabbt och i tysthet ögnade igenom. Efter en stund fäste han återigen sin blick på Blackwell.

– Hör nu uppmärksamt på, Blackwell, vad hans majestät har att säga rörande era utlåtelser på måndagsförmiddagen den 9 mars.

Aktor klarade rösten och började därefter läsa högt innantill:

– Efter erhållit företräde inför mig begynte en här i landet varande engelsman och doktor, Blackwell vid namn, att tala om åtskilliga och ytterst anmärkningsvärda saker. Han hade, vilket hans konglig majestät bestämt kunde påminna sig, börjat med att säga att den nuvarande drottningen av Danmark ej var nöjd med den här i Stockholm residerande ministern Guy Dickens, för vilken hon saknade allt förtroende. Vidare har han sagt sig vara i korrespondens med den engelske ministern i Köpenhamn, mister Titley, Walter Titley. Nämnde Titley ska sedermera ha låtit Blackwell förstå att hennes majestät drottning Louise av Danmark var beredd att ifrån sin fader konungen i England, Georg II som bekant, införskaffa en summa penningar uppgående till 100.000 pund sterling. Denna summa skulle sedan erbjudas konung Fredrik i Sverige om blott hans kunglig majestät vid någon framtida och önskvärd ändring i regeringssättet – varmed Blackwell tycktes mena den här i landet redan etablerade successionen, fastän han den icke så tydligt nämnde – behagade ingå uti sådana mått och steg som kunde vara behagliga för de danska och engelska hoven. Härtill hade också Blackwell fogat något tal om en viss bestämd förbättring i riksstyrelsen, vilket av allt att döma åsyftade suveränitetens återinförande i hans majestäts trygga och ansvarsfulla händer.

Rozir läskade strupen med ett glas vatten ur den bredvid-
stående glaskaraffen och tog sedan upp det sista arket från
bordet.

– Uppå hans konglig majestäts tillfrågan hur Blackwell
kunde understå sig att tala om sådant som uppenbart stred
mot hans konglig majestäts dyra ed och uppriktiga kärlek
för hans konglig höghet kronprinsen, så åberopade sig
Blackwell på brev och skrifter som kommit honom till del.
Då nu hans majestät inte längre ville lyssna till ett sådant
obehagligt tal – vilket hans majestät för Blackwells otydliga
uttals skull icke allt kunnat förstå – så frågade Blackwell
med vilken han kunde tala vidare om denna saken, varvid
hans konglig majestät svarat att han kunde tala med Lant-
marskalken, eller, vilket kunde vara lika så väl, med hov-
marskalken Broman.

Rozir avslutade läsningen och såg strängt på Blackwell.

– Nå, Blackwell, vad har ni då att säga om detta otillstän-
diga tal som hans majestät vittnat om? Har ni verkligen haft
den oerhörda fräckheten att erbjuda konungen 100.000
pund sterling med avseende på en önskvärd ändring i
successionen, och som lockbete, förutom pengarna förstås,
föreslagit enväldets återinförande?

Blackwell hade blivit allt oroligare under tiden som aktors
högläsning pågick och företedde nu uppenbara tecken på
ytterlig förtvivlan.

– Gud bevare mig, herr Rozir, för att sådana tankar nå-
gonsin skulle ha fallit mig in. Aldrig, herrar ledamöter i
denna ärevördiga kanslirätt, har jag inför vår högst älskade
konung Fredrik, så sant mig Gud hjälpe till liv och själ,
nämnt ordet succession eller de så förhatliga orden envälde
och suveränitet. Never...aldrig, aldrig så länge världen
förblir i sitt lopp!

– Med förlov sagt, herr Blackwell, försök att dämpa er!
Att ordet succession nämndes i samtalet vidimeras även av
herr president Broman, med vilken ni ju talade strax efter er

audiens hos konungen. Herr presidenten har haft den stora nåden att tillsända kanslirätten ett edligt intyg över vad som förevarit i samtalet mellan er och honom något senare på dagen den 9 mars. Efter ert tal om de 100.000 punden som den danska drottningen skulle ge hans majestät konungen av Sverige frågade herr presidenten förvånat: *Varför?* Varpå ni, herr Blackwell, hade svarat: *För den händelse att man ej var nöjd med successionen.* Som sig bör blev herr Broman utomordentligt häpen och förtörnad, varför han riposterat med orden: *Så väl hans majestät konungen som hela den svenska nationen är fullkomligt nöjd med den grundlagsfästade successionsförordningen och med hans konglig höghet kronprins Adolf Fredrik. Är detta ert ärende, doktor Blackwell, så har ni vänt er till fel person!*

Aktor lade omsorgsfullt tillbaka det Bromanska intyget i konvolutet varefter han frågade:

– Stämmer allt detta enligt ert förmenande, Blackwell?

– Med handen på bibeln, herr Rozir, jag svär på att jag aldrig har nämnt ordet succession, eller för den delen suveränitet, i mitt samtal med herr presidenten.

Blackwell slickade sig nervöst om läpparna.

– Däremot, efter talet om de 100.000 punden vilket jag tillstår och gärna ska återkomma till senare, frågade herr presidenten mig: *Vill man då, herr doktor, åstadkomma en förändring i tronföljden?* En fråga, herr aktor, som av mig besvarades nekande. Ja, om jag inte helt missminner mig, med följande ord: *Ack nej, herr Broman, Gud bevare oss för slika tankefoster!*

– Och vid audiensen inför hans majestät konungen?

– Ävenledes där, herr aktor, var det vårt höga majestät som först nämnde ordet succession, och det på så sätt att efter mitt erbjudande om de 100.000 punden frågade hans majestät: *Har detta möjligen avseende på successionen?* Jag tar Gud till vittne på, ärade kanslirätt, att det var så det hela tillgick.

Blackwell tystnade och strök sig eftertänksamt över den svettglänsande skäggstubben.

– Vad sedan de 100.000 punden anbelangar så måste jag till min stora förtret erkänna att allt som sagts om dem äger sin riktighet. Om den högt ärade kanslirätten ännu ett ögonblick kan ha fördrag med mig så ska jag så kortfattat som möjligt relatera denna ytterst märkliga tilldragelse. Par hasard, mina herrar, befann jag mig om lördags afton, det vill säga den 7 mars, på promenad Drottninggatan utför i riktning mot Norrmalmstorg och Norrebro. Då jag plötsligt, och till min förargelse måste jag tillstå, bryskt stoppades av en grov karl som utan ett ord räckte mig ett brev från posten. Högeligen förvånad, vilket herrarna nog kan förstå, och en smula bragt ur fattningen får jag väl även erkänna, frågade jag honom givetvis från vem i herrans namn som detta var ifrån? Kort och barskt svarade han:

– Från en förnäm och högt uppsatt herre.

Jag skyndade mig naturligtvis hem igen för att närmare kunna granska brevet och fann då till min stora överraskning att det var poststämplat i Köpenhamn de 10 februari. Doch, utan underskrift. Innehållet är ju för övrigt delvis redan känt. Någon, för mig okänd vill jag betona, skrev där att om hans majestät konungen av Sverige ville försäkra Danmark om sin vänskap och göra allt för att avvärja ett krig dem emellan, så skulle Danmark ge honom 100.000 pund sterling i gåva. Det var allt som stod däri, mina herrar, varken mer eller mindre, och ni förstår nog att jag utan att tveka insåg min skyldighet att genast berätta allt detta för hans majestät konungen.

Tessin, som nu hade återkommit, frågade:

– Hur såg karl'n ut som gav er brevet?

– Lång och grovt byggd, herr excellens. Blåklädd, möjligen i någon sorts uniform. Jag kommer också mycket väl ihåg att han hade ett hiskeligt jaktsvärd på sin vänstra höft. En otäck, bredbladig sak.

– Var brevet långt?

– Cirkum 10 `a 12 rader, herr excellens, skrivet på ena sidan av ett kvartsblad.

– I chiffer?

– Nej, bevare mig väl, på engelska som tur var.

– Har ni någon uppfattning om vem denne "förnäme och högt uppsatte herre" kan vara?

– Icke den bittersta aning.

Blackwell kunde äntligen andas ut. Åtminstone tillfälligt. Det tycktes ju faktiskt som om man satte en viss tilltro till hans ord om brevet, och om så vore kanske just detta brev skulle visa sig vara hans räddning ur denna oväntade och högst allvarliga belägenhet. Han vågade knappt tänka på hur det annars skulle sluta. Broder Toms varnande ord ekade fortfarande i hans inre: *Jag har hört, Alexander, att det finns politiska partier vid det svenska hovet. Vad du gör, Alex, undvik dem, tag inte ställning för någondera parten. Det kan vara ytterst farligt för dig och ge dig fiender som helst skulle vilja se din undergång. Jordbruk och medicin, Alex, är de enda sysselsättningar du ska ägna dig åt. Jordbruk och medicin! Var arbetsam och flitig i den förra, försiktig i den andra. För dina medmänniskors skull och för ditt eget rykte.* Varför, for heaven's sake, hade han inte rättat sig efter dessa kloka ord och bestämt och en gång för alla tagit avstånd från allt politiskt ränkspel? Han visste ju så väl att detta eviga politiserande aldrig hade lett till något gott utan tvärtom alltid försatt honom i situationer som till slut hade blivit honom övermäktiga. Rodnande av skam tänkte han på Elizabeths tröstlösa ironi i ett av sina brev från Skottland: *Vad angår barnen och mig så undrar jag hur du tänker att vi överhuvudtaget ska kunna överleva. Men ditt brev är mycket kort, alltför kort. Du undrar eller frågar inte alls efter oss, eller hur det ska gå för oss. Men förhoppningsvis, när du har ordnat upp den svenska Nationens högviktiga affärer, så kanske du kan finna någon tid ledig till att tänka på din fru och dina små barn.*

Blackwell ryckte till.

– Pardon me, Sir?

Tessin suckade irriterat och upprepade frågan:

– Jag frågade helt enkelt om ni inte finner det utomordentligt besynnerligt att Danmark enkom för att bevara freden och grannsämjan mellan båda våra nationer skulle erbjuda den svenske kungen en så pass väl tilltagen pengagåva? Där finns absolut ingen anledning egentligen. Förbindelserna hoven emellan präglas ju i dagsläget av just vänskap och något hot om krig existerar överhuvudtaget inte.

– Möjligen...Blackwell såg troskyldigt upp på greven...möjligen kan det vara så att vänskapen dem emellan inte anses vara så god som man kunde önska. Men om detta vet jag alls intet. Som jag tidigare har sagt, herr excellens, brevet gavs till mig av en helt okänd person, och sedan jag tagit del av dess innehåll insåg jag omedelbart min skyldighet att visa upp det för hans majestät konungen och för andra behöriga myndigheter. That's all, your excellency, neither more nor less.

– Stod där något om succession eller suveränitet? Förekom orden som sådana?

– Absolut icke! Inte den minsta antydan, än mindre klätt i ord.

– Var handstilen bekant?

– Nej, tyvärr. Jag kunde inte helt känna igen handen, även om den vid det första påseendet företedde vissa likheter med herr Titleys, det vill säga den engelske ministern i Köpenhamn. Men säker är jag icke! Tvärtom...

– För ni kontinuerlig korrespondens med Danmark?

– Certainly not, herr Tessin. Emellertid, och det ska villigt erkännas, har jag strikt å yrkets vägnar, vilket jag också mycket starkt vill betona, haft en viss korrespondens med drottning Louise med avseende på hennes dyra hälsa, och på sista tiden även med tanke på hennes svåra sjukdom. För vissa orsakers skull har hon velat konsultera mig såsom den läkare för vilken hon hyser stort förtroende. Någon annan korrespondens har jag inte ägnat mig åt.

Tessin log försåtligt och sträckte sig efter ett papper på bordet som han ingående studerade.

– Enligt detta intyg som kanslirätten har erhållit av herr president Broman ska ni i ert samtal med honom ha påstått att ni alltsedan barndomen har varit bekant med drottning Louise av Danmark. Äger det verkligen sin riktighet, Blackwell?

– Förvisso är det så...Blackwell sträckte på sig i stolen...då som prinsessa av England, naturligtvis. Det låg helt enkelt till på det viset att kungen av England, Georg II som herrarna vet, hade ett gods i norra Skottland som turligt nog gränsade till min fars egendom Blackwellhall. På det sättet kom det sig att prinsessan Louise och jag ofta träffades som barn och stundom faktiskt lekte tillsammans. Detta är givetvis också en av orsakerna till varför drottningen gärna konsulterar mig i min profession som läkare.

Greven skakade betänksamt på huvudet.

– Min käre Blackwell, nu far ni helt simpelt med osanning. Av vilken orsak ni ska behöva ljuga om sådana i målet relativt perifera ting är visserligen för mig en gåta. För det första, vid en genomgång av de brev mellan er och mister Titley som beslagtagits ute på Ollestad så får man ett bestämt intryck av att ni som person förefaller vara helt obekant för den nuvarande drottningen av Danmark. Till yttermera visso har heller ingen korrespondens mellan er och drottningen påträffats. För det andra, att ni på något sätt skulle vara konsulterad av drottningen i er egenskap av läkare är ren och skär lögn.

Tessin hakade fast dubbelglaset på näsryggen.

– Låt mig i det hänseendet få citera några rader ur mister Titleys brev till er, daterat den 5 november förlidet år: *Att ni, Sir, skulle ha blivit konsulterad med anledning av Hennes Majestäts hälsa måste bero på ett misstag, är jag rädd. Drottningen är helt*

45

*ovetande om saken och är för övrigt, God be praised, vid så pass
utomordentlig hälsa att där näppeligen finns behov av någon som helst
medicinsk sakkunskap...I am, Sir, etc...etc...*

– Alltså, Blackwell, varför denna lögn?

Blackwell mumlade något ohörbart. Med slokande axlar
och blicken oavvänt fixerande de breda golvtiljorna satt han
tyst och butter.

– Nå, sanningen nu om jag får be. Har ni någonsin skrivit
till drottningen av Danmark personligen och direkt i ert
eget namn?

– Jag är rädd för att herr greven har missförstått mig på
den punkten. Möjligen uttryckte jag mig något kryptiskt i
mitt förra svar, men vad jag menade var att all korrespon-
dens till Danmark alltid gick genom mister Titley.

– Må så vara, Blackwell, avsikten var väl som vanligt att
framstå i en bättre dager. Hur som helst, erhöll ni något
egenhändigt svar från drottningen därvidlag?

– No, Sir.

Tessin bläddrade snabbt igenom en hög med papper och
tog slutligen upp ett som han långsamt överfor med blick-
en.

– Låt mig se...ni uppger här att ni inkom till Stockholm
för omkring elva dagar sedan, alltså den 1 eller 2 mars.
Stämmer det?

– Alldeles riktigt.

– Underrättade ni möjligtvis brevledes mister Titley om er
förestående resa till staden?

– Ja.

– Nämnde ni då något för honom om orsaken till resan?

– Om jag nu minns rätt, herr Tessin...Blackwell drog nå-
got på svaret, påtagligt generad.

– Åh, jag förstår herr Blackwell, det kanske är dags för
ännu en av era lögner?

Greven smålog sarkastiskt.

– Ni är för mig en veritabel gåta, monsieur. Sanningen i just detta fall är ju den att ni för mister Titley lät påskina att hans majestät konungen av Sverige, på sina bara knän så att säga, hade bett er att oundgängligen och utan dröjsmål komma till honom på slottet för att med hjälp av er "magiska" läkekraft göra honom frisk från en plötsligt påkommen åkomma. Inte sant, Blackwell, så framställdes väl otroligt nog hela saken för den intet ont anande ministern?

– Jo visst, herr excellens, men...

– Inga men nu, Blackwell. Vi vet redan att resan föranstaltades av en begäran från Handels- och manufakturkontoret som helt enkelt önskade en redogörelse för era, minst sagt, obskyra affärer. Vi vet dessutom att ni överhuvudtaget inte släpptes in till majestätet den första tiden av er vistelse här i staden och att ni, när ni då äntligen beviljades audiens, missbrukade den i så hög grad att vårt högt älskade majestät såg sig föranlåten att anmäla ert beteende till sittande kanslirätt som inte endast klandervärt utan direkt brottsligt. För att nu använda mig av er egen besynnerliga rotvälska, mister Blackwell: shame on you, Sir!

Doctor Blackwell...doctor Blackwell...behold!

Yrvaken och stel av skräck satte sig Alexander Blackwell kapprak upp på den hårda, halmbelagda fångbritsen. I cellens bortre hörn, strax under gårdsgluggens järntensförsedda öppning såg han ett bord, ett avlångt altarbord, täckt av en vitskimrande linneduk. Plötsligt lyftes duken av en hand ovanifrån och blottade till Alexanders obeskrivliga fasa en bödelsbila vars kraftigt svängda egg i den kyliga nattluften ångade av mörkrött, framvällande blod...

6

I BÖRJAN AV FEBRUARI -47 ankom till Stockholm hotfulla nyheter som visste berätta att breda uppmarschområden utmed gränsen till svenska Finland hade besatts av stark rysk trupp. Minst 10 regementen med division S:t Petersburg i spetsen bestående av 6 regementen grenadjärer, karabinjärer och kyrassiärer, plus ett regemente grönmantlade husarer med vippande björnskinnsmössor och beväpnade med korta karbiner, pistoler, sablar och skarpa långpikar. En formidabel spjutspets vars uppgift bl.a. bestod i att dyrka upp de finska fästningarna Lovisa och Tavastehus och därmed öppna det finska kärnlandet för den enorma murbräcka som formerades av de övrigt tungt frammarscherande regementena, förstärkta med tusentals beridna Don- och Astrakankosacker. Därtill behövligt artilleri. Under popernas svängande rökelsekar och salvelsefulla välsignelser såg sig dessa soldater som den store Gudens stridsmän i fronten för det storryska tsardömet.

Samtidigt erhöll Guy Dickens order från London att genast, via Korff, uppmana den ryska kejsarinnan att omedelbart låta denna ansenliga truppstyrka marschera in i Finland och utan dröjsmål taga provinsen i besittning. Därefter tvinga den svenske kronprinsen Adolf Fredrik att vräka greve Tessin och hans franska anhang ur sadeln och bereda plats för *the well-intentioned party* som visste att uppföra sig i enlighet med ryska och engelska intressen. Under täcket, fördolt för riksråd och ständer, hade dessutom i samma månad det svenska mösspartiet genom sina chefer tillsänt den ryska kejsarinnan ett brev, *Idées*, i vilket krävdes rysk militär närvaro vid gränsen mot Sverige, helst en hel armé uppgående till ca. *25 à 30 mille hommes, avec un train*

48

considérable d'artillerie...Med hjälp av detta avsevärda hot menade mössorna att det svenska riksrådet med greve Tessin i led-ningen skulle fällas och de på så vis lediga rådstaburetterna intas av ryssvänliga mösspatrioter.

Inte långt härefter, i början på mars, kom en strid ström av brev från Sveriges minister i Köpenhamn – Karl Fredrik von Höpken, obotlig hatt – som talade om skyndsamma och kraftfulla danska krigsrustningar. Med tanke på, vilket alltid låg i färskt minne hos gemene man, att den danske kungen Fredrik V år -43 som kronprins hade aspirerat till posten som svensk tronföljare, men till sin stora smälek avspisats till förmån för Adolf Fredrik, vädrade nu riks-kanslirådet och överstemarskalken Tessin frisk morgonluft. Kunde det vara så att Fredrik V planerade att gå bröst-gänges till väga och stödd på bajonetten återigen kräva den svenska tronföljden, och kanske till och med kronan, nu på rödaste momangen? Nu kunde man alltså äntligen och klarare förstå vartåt de Blackwellska stämplingarna syftade! Tessin, som den sluge realpolitiker han var, insåg naturligt-vis genast vilken utomordentlig möjlighet som nu hade skapats för att på ett avgörande sätt mobilisera röstmajori-teten i riksrådet för en defensivallians med Preussen – en av grevens utrikespolitiska hörnstenar vilken han hett åstun-dade; å andra sidan, för Ryssland och England ett rött skynke – genom att med ett av harm darrande finger peka på det danska hotet mot den svenska tronföljden och i förlängningen mot rikets säkerhet. Ett hot som till ytter-mera visso förstärktes, besannades och ytterligare accentu-erades av Blackwells påstådda konspirationer till förmån för danska och engelska intressen. Möjligen även ryska? En sådan allians med Preussen – förhoppningsvis inneslutande en separat paragraf om preussisk protektion av den svenska successionsordningen – åtföljd av en önskvärd subsidie-traktat med Frankrike, skulle enligt Tessin utgöra ett effek-tivt skydd för den svenska tronföljden likaväl som mot ryska hegemonisträvanden och dess ihärdiga försök att bringa Sverige i *lika dépendance som det stackars Polen*. Kunde han nu äntligen driva fram detta förbund med Preussen, vilket ändock så ofta rönt motstånd i ständerförsamlingen, skulle han dessutom på ett högst påtagligt vis kunna tillfredsställa den svenska kronprinsessan Lovisa Ulrika, syster till Fredrik II, den Store, av Preussen, och enligt greve Tessin *la divine Maitresse...född att härska*. Grevens *otidiga och eftertänksamma kärlek till prinsessan*, skrev senare fältmarskalken m.m. Axel von Fersen d.ä., *den han intet försmådde eller dolde, lade slutligen grunden till hans uppseendeväckande fall från maktens högsta positioner.*

För att i någon mån blidka Ryssland, och i viss utsträckning även den engelska kronan, då dessa nationer underrättades om det svenska alliansbeslutet visavi Preussen – städse den ryska ärkefienden – kunde man alltså nu med självklar indignation peka på det hot mot rikets säkerhet och succession som uppenbarats bl.a. under förhören med skotten Alexander Blackwell, och vilket ju också i dessa dagar på ett flagrant och skrämmande sätt bekräftades i de danska krigsrustningarna. Allt sammantaget tvingande Sverige att ingå i ett skyddsförbund med en i militärt avseende stark och robust nation, det vill alltså säga Preussen.

Allt tycktes gå Tessin väl i händer. Två feta flugor i en öronbedövande smäll:

1. Realiserandet av den utrikespolitiska målsättningen: Sverige i förbund med Preussen och Frankrike, värnet mot den ryska björnen och dess obilliga förslavningspolitik.

2. Väl fotade förhoppningar om att i ett slag kunna förinta det förhatliga och för grevens personliga maktställning hotfulla mösspartiet genom att utmåla det som fosterlandsfientligt och i landsförrädisk anda svårt stämplande mot den svenska tronföljden

och därmed mot kronprins Adolf Fredrik och hans ljuva gemål.

Men då låg det vikt uppå att Blackwell kunde förmås till en ren och uppriktig bekännelse! Eller, som en nära politisk själsfrände till greven uttryckte saken:

– Utan ett erkännande från Blackwell står vi oss slätt!

I ett chiffrerat brev dagtecknat den 6 juni 1747 skrev kronprinsessan Lovisa Ulrika till sin bror Fredrik II av Preussen, den Store, den Ende, *le Roi mon frère*:

> *Vad som nu avslöjats i processen mot Blackwell är den plan som utformats i de engelska och danska hoven, vilken syftat till att upptända en revolution i Sverige för att därigenom omstörta den holsteinska successionen och i stället för min make utropa hertigen av Cumberland till svensk tronföljare. För detta ändamål skulle en dansk flotteskader avsegla för att blockera de största hamnarna i Riket. Man lade också mycket riktigt märke till febrila rustningar i och omkring Köpenhamn.*
>
> *Det engelska partiet här i landet hade för avsikt att med ytterst drastiska medel avbryta den härvarande Riksdagen och att uppmuntra hoven i Köpenhamn och i Ryssland att företa hotfulla och krigiska demonstrationer mot Sverige.*
>
> *Som alltid, käre bror, Votre trés affectionné...*
> *Ulrique.*

Post skriptum: det visade sig så småningom att nyheten om de danska krigsrustningarna var felaktig och att det i stället rörde sig om en partiell demobilisering(sic!). Men då var "skadan" redan skedd och Tessin segerkransad. Informatören, Karl Fredrik von Höpken, var hatt som sagt och stod i nära förtroende med greve Tessin. Frågan måste då givetvis ställas: Blev den blide von Höpken beordrad av sin

politiske förman att inkomma med den medvetet(?) felakt-
iga underrättelsen om den danska upprustningen? För den
goda sakens skull, så att säga...

7

TESSIN MÖNSTRADE MED allvarsam min den lille skotten som återigen satt framför honom i den högryggade förhörsstolen.

– Ni ska vara medveten om en sak, mister Blackwell, att om ni uppriktigt bekänner era brottsliga förseelser då ska jag, och det lovar jag er på min heder, Blackwell, då ska jag som sagt göra allt som står i min makt för att skaffa er lindring i straffet. Men, å andra sidan, om ni till äventyrs vägrar så ska ni i mig se er värsta fiende här i Sverige. Ja, för den delen, i hela världen.

Närvarande uti den förordnade Kongl. CancellieRätten:
Hans Excellence Hr. Riksrådet Greve Tessin.
Hr. Hovkanslern von Nolcken.
Hr. Statssecreteraren Boneauschöld.
Herrar Kansliråden Klinckowström och Skutenhielm.
Hr. Revisionssecreteraren Iserhielm.
Hr. Kanslirådet Baron Sack.
Hr. Kanslirådet Gyllencrona.
Hr. Revisionssecreteraren Lagerfeldt.

– Finns brevet kvar i er ägo?

Blackwell var trött. Trött intill utmattningens gräns. Så tärande trött efter alla dessa kvaltyngda nätter som ideligen hemsöktes av skräckinjagande mardrömmar. Nätter då han plötsligt vaknade upp i den fuktkalla högvaktsarresten, svettblöt över hela kroppen och kvidande av en intensiv ångest. Fasans tema var ständigt ett och detsamma: den makabra och avgrundslika känslan av att gå itu, att långsamt brytas sönder och samman...att helt enkelt fragmenteras.

53

Som om själen successivt krackelerade. Han kunde fortfarande med förfäran i hjärtat och högst påtagligt dra sig till minnes den gångna nattens sinnesstörande mardröm. Den ytterst minimala sprickan i fångcellens granitvägg som inför hans vidöppna ögon och i stor hast spred sig under ett högt och öronbedövande dån och snart uppfyllde stenväggen med grova och långdragna sprickbildningar, djupa kratrar och nattsvarta hålrum.

Bristen på sömn sved i ögonen då han med svag och otydlig röst svarade på frågan:

– Jag vet inte. Om det inte har återfunnits i mitt logi här i staden så kan det naturligtvis ha blivit borttappat. Möjligen sönderrivet i hastigheten. Jag är ledsen, herrarna, men jag minns helt enkelt inte...

Blackwell log modstulet.

– Som det nu ser ut så tror jag bestämt att det har skrivits av någon av mina värsta fiender för att låta mig drabbas av denna eländiga olycka.

– Och hur...frågade Tessin efter ett ögonblicks tvekan...ska vi tyda allt tal om den engelske ministern Guy Dickens? Han förekommer ju i hans majestät konungens vittnesmål gentemot er, liksom i president Bromans vidimation. Ni har också tidigare vidgått att namnet nämnts i samtalen. Finns det måhända mer att tillägga i den delen?

– Kan jag ej säga, herr excellens, såtillvida som jag inte heller kan minnas att jag berört honom i någon bestämd mening. Hans namn står inte nämnt i brevet. Möjligen kan jag, och då helt i förbigående, ha sagt något om att den danska drottningen har hyst ett större förtroende för mig än för mister Guy Dickens som det engelska hovets, och då alltså sin faders, representant här i Stockholm. Något annat kan jag inte erinra mig att jag har sagt.

– Men käre herr doktor, vad menar ni egentligen?

Greven såg misstroget på Blackwell.

– Den saken har vi ju redan talat om och kommit fram till att det i stort sett var lögn från början till slut. Minns ni då verkligen inte? Ni är ju, vilket ni själv mer eller mindre har vidgått, helt okänd för den danska drottningen. Både som person och livläkare. Av vilken anledning skulle då drottningen vilja se er som det engelska hovets sändebud här i Stockholm? Med förlov sagt, mister Blackwell...riksrådet log hånfullt...nog minns ni väl det förhöret?

Blackwell strök med handen över den järngrå skäggstubben och såg med bedjande, tårfyllda ögon på rättens ledamöter vid rådsbordet under den sammetsblå bordshimmeln.

– Ni får förlåta mig, herr excellens, men jag är så förbi av trötthet att jag inte kan få någon ordentlig reda i mina tankar. Jag kan endast med svårighet minnas vad jag sagt eller inte sagt de senaste dagarna. Jag ber därför allra ödmjukast, mina nådige herrar, om någon liten förbättring i mina förhållanden. Natt efter natt har jag fått ligga på nästintill ishård halm med endast ett lappat tageltäcke till skydd mot kylan. Jag kan knappt se att äta för de bräder som slagits över gluggens järngaller, och då jag, om herrarna ursäktar att jag berör en sådan trivial sak, har något nödigt som man säger, så får jag bulta på celldörren i 2 till 3 timmar innan någon behagar att komma. Surely, gentlemen, är detta verkligen att behandla en stackars människa rätt och mänskligt?

– Ni vet bäst själv, Blackwell, att om ni rent och uppriktigt bekänner så kommer er nuvarande situation att mycket förändras till det bättre. Men till dess får ni allt ackommodera er så gott ni kan. Nog nu om detta! Det påstås dessutom att ni både i staden och annorstädes ska ha utgett er för att vara Londons egentlige förtroendeman här i Stockholm i stället för Guy Dickens, som ni beskyllt för att vara otillförlitlig och föga använd av det engelska hovet.

Blackwell suckade tungt.

– Spelar det längre någon roll, herr excellens, om jag försöker bestrida alla dessa lögner och anklagelser som så ogenerat tillvitas mig? Till vilken nytta leder det? Min skuld tycks ju ändå på förhand vara avgjord.

– Om det nu kan vara till någon tröst, Blackwell...Tessin smålog ironiskt...så har vi, för att då äntligen få ljus i den här saken, varit i korrespondens med det engelska utrikesministeriet i London, ja, till och med underrättat ministern själv, den högvälborne lord Chesterfield, om hela affären. Och kan ni tänka er, herr doktor, ingen känner till er existens, än mindre givetvis att ni skulle vara deras, hur ska vi säga, specielle sändebud i Stockholm. Förvånad, Blackwell? Och vem tror ni då var deras ackrediterade minister här i staden och landet? Ja, just det, överste Guy Dickens och absolut ingen annan! Lord Chesterfield poängterade därutöver med skärpa att översten hade hans fulla och odelade förtroende.

Greven fällde ut lornjetten och tog upp ett papper från bordet.

– Det kan väl dessutom vara av ett visst intresse, anekdotiskt om inte annat, att få ta del av något av det som översten skriver om er i dessa sammanhang till Whitehall i London. Bland annat säger han...

Tessin ögnade igenom dokumentet samtidigt som han kommenterade innehållet och högt läste väl valda avsnitt.

– Han tycker således att det svenska majestätet borde ha insett att det hela var ett påfund av en...låt mig se...av en *sjuk man*, skriver han, och att majestätet som en följd av detta egentligen borde ha kastat ut er. Översten påstår vidare i sin depesch att ni genom diverse uttalanden etc. visat er vara inte fullt tillräknelig och avslutar den delen av sin beskrivning med orden: *Something is not right in his head!* Ni ska dessutom tydligen vara ansedd som en stor lögnare och att audiensen med hans majestät konungen var ett utslag av er uppenbara dårskap.

– Man kan inte med bästa vilja i världen påstå att herr ministern är särskilt vänlig i sitt omdöme om er, eller hur? Hör bara: *As I said before, this man is certainly wrong in his Head.* Märkliga och hårda ord, Blackwell. Antingen är översten helt okunnig om era stämplingar mot den svenska staten, och då givetvis inte heller inblandad i er smutsiga byk. Eller så döljer han sitt eventuella kompanjonskap med er på ett ytterst skickligt sätt. Kanslirätten är faktiskt böjd att tro det förstnämnda, dvs. att översten är helt okunnig om era förehavanden, och att ni, Blackwell, står i maskopi med andra och mer fördolda grupperingar inom de danska och engelska hovcirklarna. Men, och detta får nog anses som det mest anmärkningsvärda i hela denna avskyvärda affär, även med fraktioner inom det svenska partiväsendet, och då företrädesvis med vissa oppositionselement.

– Infamt, herr excellens, mer kan jag inte säga. Jag fick, som jag så ofta upprepat, ett brev vars avsändare och upphovsman är för mig totalt okänd. Vad kan jag mer tillägga? I övrigt, och rörande det ni nu säger, är jag helt oskyldig.

– Nåja, Blackwell, allt detta får väl den fortsatta rannsakningen utvisa. Låt mig nu få övergå till en helt annan fråga. Har ni, eller har ni haft, boende hos er ute på Ollestad några främmande personer?

– Ja, tvenne skottar. Generalen Oliphant of Gask med sin son Oliphant jr.. Hitflyktade, som kanslirätten nog känner till, efter det skotska upproret -45. Eller närmare bestämt efter det blodiga nederlaget på Cullodens hedar i april -46...

På Drummossie moor invid Culloden heath – en sluttande hed med tjocka lager av vissnad ljung – hade just denna månad som Blackwell nämnde slutakten utspelats i det tragiska drama som hade påbörjats bara något år dessförinnan, i augusti 1745, då den stuartska tronpretendenten Charles Edward Stuart, alias Bonnie prince Charlie, reste sitt stolta banér vid Glennfinnan i norra Skottland. Den nobla uppgiften bestod i att i spetsen för en upprorsarmé av vilda och obetvingliga högländare återta sin farfaders, Jakob II, engelska kungakrona från den hannoveranske inkräktaren Georg II, "rödkålshuvudet". Bara någon månad efter standarets resning vid Glennfinnan stod prinsen och hans talrika höglandsarmé som segerherrar över hela Skottland, för att strax därefter inleda den triumfatoriska marschen mot England, mot London. I dessa for the bonny prince så lyckliga dagar skrev Elizabeth från Aberdeen till sin älskade Alexander:

Den unge kavaljeren har haft förvånansvärd framgång. Han har intagit ett flertal städer i Skottland och satt sig i besittning av Edinburgh. Var dag väntar vi på besked om att han bemäktigat sig borgen vilket skulle vara en stor olycka eftersom — bortsett från förlusten av borgens starka befästningsverk — där också finns deponerat två miljoner i reda mynt och dessutom juveler och dyrbara serviser. Gentlemannen som har befälet där är en mycket modig ung man, men det befaras att fästningsmanskapet kommer att svältas ut. Rebellerna rör upp hela landet och tilltvingar sig kontributioner. Jag misstänker att din Onkel har fått lida bland de övriga, eftersom de skickades till Glasgow för att omedelbart anskaffa 15.000 pund eller annars bli avrättade. De lyckades få tag i 5.500 pund och bad the Rebels att nöja sig med detta. Det är emellertid svårt att säga om de är nöjda därmed. Så du förstår nog att hela Skottland befinner sig i den största tänkbara oro. Kontant betalning har stoppats på de flesta håll, så några pengar eller krediter är inte att förvänta sig. Även handeln tycks helt ha avstannat. Du inser väl att min olycka blir allt större av dessa fatala omständigheter eftersom jag inte kan hoppas på några nya pengar i dessa besvärliga och farofyllda tider.

Ever yours...Elizabeth.

Knappt 20 mil från London, den 6 december, "The black Friday", bröt revolutionsarmén förvånansvärt nog åter upp mot Skottland. Anledningarna var givetvis många, bl.a. bristen på förstärkningsmanskap och provianteringsmedel, plus en ekonomi i svår obalans. Och som ytterligare en försvårande faktor den storm- och regndigra årstiden. Taktiken var att befästa sina ställningar i Skottland, fylla luckorna i armén och förhoppningsvis kunna rekvirera nya medel till arméns sinande kassakistor. Därefter, möjligen till våren, åter våga ett slag mot England och London. Trots alla goda föresatser kom denna "reträtt" ändå att visa sig ödesdiger och början till slutet för den ditintills så segerrika höglandsarmén. Slutpunkten sattes hårt och skoningslöst på Drummossie moors vindpinade ljunghedar tidigt på förmiddagen den 16 april 1746. Till ljudet av säckpipans vemodiga klagan och prästernas entoniga mässande: *Herren bönhöre dig på nödens dag, Konung Jakobs Gud beskydde dig...*, gick the Highlanders med höjda bredsvärd och under stridsropet *Claymore!...Claymore!* till attack mot de reguljära engelska positionerna. Uppfyllda av, utan tvekan, ett beundransvärt men ack så fruktlöst mod, med tanke på den mördande elden från engelsmännens kanonbatterier som obarmhärtigt mötte de framstörtande höglandskrigarna. Redan i detta skede slogs större delen av rebellarmén ut. Resten tillintetgjordes av grov och linjebeordrad musköteld, följt av bajonetternas dödande hugg. Inom loppet av några timmar befann sig den tillförne så segerrika rebellarmén i fullt flyktande kaos, jagad av det engelska rytteriets dräpande klingor och bolmande ryttarpistoler. Hedarna fylldes av skrik och stönanden från de sårade och av likhögarnas stinkande mångfald som pyrde av blod och galla, fortfarande dallrande i dödsvåndor.

Den engelska repressionen blev naturligtvis järnhård. Inte bara mot den aktive rebellsoldaten utan även mot civila — män, kvinnor och barn — vilka formligen slaktades och vars hem utan minsta barmhärtighet brändes ner till grunden. Allt anfört av den engelske kungen Georg II:s son William Augustus, hertig av Cumberland. En rödmosig fetknopp som efter sin grymhet vid slaget och under dess efterbörd belönades med öknamnet "Stinking Billy", namnet på ett av Skottlands mest motbjudande ogräs. Alternativt "The Butcher", slaktaren.

I slutet av juli -46 uppspikades vid Temple bar, ovanför Fleet street i London, de avhuggna huvudena till två av Bonnie prince Charlies mest hängivna anhängare: Francis Townley och George Fletcher. Skallarna naglades fast med hjälp av två kraftiga dragspikar. Androm, dissidenter och annat upprorspack, till skräck och varnagel! Bödeln avslutade den vidriga hanteringen med ropet: *Gud bevare Kung George!* Åtföljt av folkmassans jubel och livliga hurrarop.

Den 10 oktober, efter en lång och riskfylld flykt, landsteg Bonnie prince Charlie välbehållen på kusten till det franska Bretagne.

Den första gruppen skotska höglandsflyktingar angjorde hamnen i Göteborg någon gång i slutet av sommaren 1746. Tätt följd av andra, bl.a. just de två personer som Blackwell påstod hade bott hos honom ute på Ollestad: Laurence Oliphant, laird of Gask – vars hus i Skottland vandaliserades och brändes ner av soldater ur Fleming's infantry – och hans 22-årige son Oliphant jr., vilken tjänstgjort som prinsens adjutant. Lairden of Gask var en hängiven jakobit som hälsat prinsens ankomst till norra Skottland med de hänförande orden: *Gud sände vår rättmätige Prins till oss, and I followed him.*

Greve Tessin drog varsamt upp ett brev ur sitt kuvert och vecklade omsorgsfullt ut papperet.

– Innan vi går vidare, sa han till Blackwell, skulle jag vilja citera några rader ur detta brev som ytterligare belyser den skotska affären. Det är från mister Titley, daterat Köpenhamn den 3 mars innevarande år, och adresserat till er. Nyligen funnet ute på Ollestad bakom ett lönnfack.

*Vad upprorsmännen har sagt till er...*skriver alltså herr Titley...*är så utomordentligt otroligt och i högsta grad fantastiskt att det inte längre kan finnas något hopp om att i framtiden kunna erhålla någon som helst information av värde från dem. Nevertheless, om ni kan få dem att öppna sig för er och framdeles lämna reella och ordentligt värdefulla underrättelser, så är jag givetvis glad om ni kan låta mig få ta del av detta. Jag ska i sådant fall troget leverera dessa rapporter till mitt hov, och även i efterhand låta er få veta vilken effekt detta har haft.*

I am Sir, your etc, etc...

— Undertecknat, som sagt, av Walter Titley. Den fråga som jag nu skulle vilja ställa till er är följande: Är detta ett svar på det brev som ni skrev till honom den 7 februari detta år? Herr Titley inleder nämligen brevet med orden: *Jag mottog idag ert brev av den 7:e förra månaden.*

— Alldeles riktigt, herr excellens.

— Och vad, om jag får fråga, handlade ert brev om?

— Jag var helt enkelt ombedd av general Oliphant att hos det engelska hovet ansöka om pardon för honom och hans son. Häri ingick ytterligare ett antal flyktingar, vilkas namn jag för tillfället inte kan erinra mig. I gengäld skulle generalen försona sig med engelsmännen och då även, om så efterfrågades, kunna lämna både matnyttig och rikhaltig information i hithörande ämnen. Det var alltså om detta som brevet handlade.

Tessin log ironiskt.

— Är det då inte högst märkligt, Blackwell, att herr Oliphant på en direkt förfrågan från kanslirätten slår ifrån sig med bägge händerna vad gäller ert påstående att han skulle ha bott hos er ute på Ollestad? Han förnekar dessutom bestämt all närmare bekantskap med er. Han säger sig ha träffat er en endaste gång och det på en middag i Göteborg för skottar i förskingringen så att säga. Att han sedan skulle vilja försonas med engelsmännen finner han direkt ärekränkande och tanken i sig personligen motbjudande. Han är, vilket han uttryckligen hävdade, jakobit, och kommer troligen att för all framtid så förbli. Detta senare har även kunnat vidimeras av många i Göteborg boende stuartanhängare liksom av hans gode vän här i staden, den franske ministern monsieur Lanmary. Någon tvekan föreligger väl knappast längre, herr Blackwell? Ni ljuger helt fräckt!

Blackwell slog resignerat ut med armarna.

– Vad kan jag då mer säga? Jag har sagt det som jag vet är sant, och om man sen vill sprida lögner och falskt tal om mig så står jag helt försvarslös. Jag har alldeles nyligen kastats in i en mörk cell utan någon möjlighet att vare sig kunna läsa eller skriva och utan tillgång till mina privata papper eller till mina övriga ägodelar. Hur kan man då förvänta sig att jag med någon som helst utsikt till framgång ska kunna hävda mina påståenden eller att jag överhuvudtaget ska kunna gå i svaromål?

Blackwell tystnade och vände moloket bort blicken från grevens vredgade anlete.

– Ni melerar er, Sir, i saker och affärer som ni på intet sätt har att göra med. Varför, Blackwell, varför i herrans namn ljuger ni så oförfalskat och skamlöst? Utan att detta på minsta vis tycks genera er? Dessa evinnerliga masker och förklädnader. Jag har sagt det förut men det tål mycket väl att upprepas: ni är och förblir en gåta! För övrigt, utan tvekan också det en infam lögn, så har ni i ett brev till minister Titley låtit påskina att även den stuartske generalen John Gordon of Glenbucket en längre tid ska ha varit gäst hos er på Ollestad. Detta skulle då ha inträffat någon gång under hösten -46. Den uppgiften får vi emellertid skäl att återkomma till något senare under rannsakningens gång då vi hunnit göra närmare efterforskningar i ärendet.

Tessin ögnade åter igenom brevet från Titley med datum den 3 mars.

– Angående ovannämnda brev från herr Titley i mars så förekommer det dessutom ett antal ord av ytterst fördold natur. Han skriver nämligen däri att han överlämnat ett extrakt av ert brev från den 7 februari *to the Person concerned, but have no further order upon that head as yet.* Vad menar ministern med dessa understuckna ord, Blackwell? Vilken person talar han här om, och vilka order syftar han på? Kanslirätten hävdar med bestämdhet att denna i sig konspiratoriskt formulerade mening döljer ett budskap av entydigt politisk karaktär.

Blackwell svarade med hettan rodnande på kinderna.

– Herr excellens, här gör ni er skyldig till en grov och i mina ögon illvillig övertolkning av en enkel och i sig harmlös mening. Personen ifråga är helt enkelt drottningen av Danmark. Hon omnämns ju även i andra brev från Titley fastän då i klara ordalag. Hela meningen representerar simpelt nog ett försök från min sida att komma i kontakt med drottningen för att därmed erbjuda hennes höghet mina tjänster som läkare. Jag föreställde mig att det inte skulle möta några större svårigheter eftersom drottningen i likhet med mig kommer från England. Kanslirätten måste väl ändå hysa förståelse för att alla inkomstkällor i dessa för mig och min familj så svåra tider noggrant och ingående måste prövas. Märkligare än så är inte saken.

– Nåja, Blackwell, den rätta innebörden av detta mycket egendomliga brev får väl den fortsatta rannsakningen på bästa sätt uttyda. Jag, liksom kanslirätten i sin helhet, vidhåller emellertid att den ifrågavarande meningens både uppbyggnad och ordval klart tyder på ett förtäckt politiskt budskap, på en mer omfattande planläggning så att säga.

Men, som sagt, vi har ju ännu, Gud ske lov, tid på oss att utröna dess egentliga halt.

8

Aktorn, herr Johan Rozir, var en fruktad man. Hans vassa, genomträngande ögon under de buskiga ögonbrynen hade satt skräck i mången skälvande delinkvent under årens långa lopp. Margfaldiga var också de domar till livets förlust som de smala, spotskt krökta läpparna à la Voltaire hade uttalat med städse fast och klar stämma. För dagen klädd i svart och som sig bör bekrönt av en nypudrad och välsittande lockperuk, adresserade han med att tillbörlig respekt sittande kanslirätt.

– Ärade herrar ledamöter...han bugade sig avmätt...vid det här laget kan det väl knappast råda någon tvekan om den grova brottslighet som skotten Alexander Blackwell gjort sig skyldig till. Uppenbarad dels genom hans egen bekännelse får väl sägas, dels ock genom andra övertygande omständigheter såsom beslagtagna brev och andra dokument. På detta sätt har kanslirätten lyckligtvis kommit en för riket skadlig anläggning på spåren. En djävulsk plan, utan tvekan, syftande till att rasera den grundlagsfästa successionen och att återinföra den vidriga suveräniteten. Då lagd i händer vars innehavare skulle vara underkastad utländskt godtycke. Jag ryser, mina herrar, vid blotta tanken på en sådan planläggnings genomförande med alla dess oerhörda följder för rikets frihet och självständighet. Vidare...Rozir tog upp ytterligare ett antal ark som låg på aktorspulpeten strax framför honom...vidare har nämnde Blackwell varit fräck nog att söka förleda själva majestätet till deltagande däri, och inte heller aktat för rov att uppsöka herr president Broman. Det är att beklaga, och då i synnerhet för Blackwell själv, att rätten inte lyckats förmå honom till en ren och uppriktig bekännelse, vilket naturligtvis skulle ha underlättat hela processen. Å andra sidan, rätten förfogar onekligen över tjänliga och tillräckligt skarpa medel och möjligheter för att i rappet näpsa sådan trilskhet och snart frampressa det önskvärda erkännandet. Vad som framförallt måste komma i dagen är själva planens alla detaljer och omständigheter, alla dess medbrottslingar, inländska och utländska, och i synnerhet det yttersta syftet med denna hiskeliga tillställning.

Aktor vätte på fingret och bläddrade vidare i det digra konvolutet.

– Visserligen har Blackwell roat oss med vissa upplysningar i saken. Exempelvis att det endast rörde sig om ett projekt för att förbättra vänskapen mellan Sverige och Danmark för att därigenom undvika ett för bägge länder ytterst olyckligt krig. I sig naturligtvis ett mycket märkligt påstående. Vem av dessa nationer hotar någon med krig?

Rozir såg spefullt upp mot rådsbordet.

– Eller, med än mindre sannolikhet, att hela planen yppats för honom genom ett brev överlämnat på gatan av en okänd man och skrivet av en, som orden föll, ”förnäm och högt uppsatt herre”. Det är väl snart på det viset, mina herrar, att man närapå bävar för fler s.k. bekännelser. Kort sagt, ärade ledamöter, följande punkter utgör enligt min ödmjuka mening de fast bindande skäl och klart belysande omständigheter som gör att Blackwell tveklöst kan beslås med lögn och med välgrundat fog påstås vara i hög grad brottslig. Primo: vart är det allt förklarande brevet? Borttappat, enligt Blackwell. En ytterst läglig, för att nu inte säga högst misstänksam förlust, får jag nog säga. Och i det sammanhanget, vem var, och är i denna dag, den förment höge och förnäme herren? Vet ej, svarar doktorn i sedvanlig ordning. Secundo: han har erkänt en viss om än begränsad korrespondens med den engelske ministern i Köpenhamn, mister Titley, vars ena brev, datumstämplat den 3 mars, innehåller vad jag skulle vilja kalla en förtäckt mening, dvs. oklar och politiskt suspekt till sin natur. För det tredje, ett edligt vittne, president Broman nämligen, har på ett avgörande sätt omtalat att Blackwell i misstänkta ordalag talat om den här i riket fastställda successionsordningen, vilket även hans majestät konungen i nåder har vidimerat. Därvidlag har det också varit något tal om suveränitetens, eller om man så föredrar, enväldets återinförande. För att i någon mån söta denna avgrundslika anrättning och göra den lättare att svälja så erbjöds majestätet 100.000 pund sterling som en s.k. gåva från drottning Louise av Danmark. Av allt detta oerhörda förstår naturligtvis ärade herrar ledamöter i kanslirätten att vi har ett svårt och grovt brottmål framför oss som i hög grad berör rikets allra ömmaste säkerhet. Således, med hänsyn tagen till det nu sagda och till det omedelbara behovet av ny kunskap i saken, yrkar jag på de medel som lagen i 17 kap., 37§ Rättegångsbalken tillåter i slika mål till sanningens utletande. Korteligen, jag hemställer att kanslirätten må inmana Blackwell i ett s.k. "svårare fängelse" för att därigenom, om rätten kan ha överseende med det kanske drastiska uttrycket, göra den gode doktorn något "mörare" så att han förhoppningsvis närmar sig en uppriktigt erlagd bekännelse.

Aktorn avslutade anförandet med en beskäftig bugning mot domarbordet.

– Mina herrar, jag rekommenderar mig och avvaktar med stor ödmjukhet rättens höga beslut i denna fråga.

Blackwell kände sig någorlunda tillfreds. För första gången på många dagar hade han fått njuta av en hel natts ostörd sömn. Befriad från alla marridande skräcksyner och från den ångest som numer ständigt riste hans inre. Kanslirätten hade nämligen för några dagar sedan beslutat att han skulle tilldelas ett rättegångsbiträde, ett s.k. laga ombud, som hade till uppgift att bistå honom under förhören, och att med sin mångåriga erfarenhet och sakkunskap tryggt leda honom genom rättsprocessens alla irrgångar. Visserligen blott en kanslist, men trots det ett efterlängtat beskärm mot alla de orimliga beskyllningar som i dessa dagar riktades mot honom. Bindstedt hette han visst, herr Lars Bindstedt. Anställd som extra ordinarie kanslist i Stockholm stads kämnärsrätt. Det var med spänstiga steg som Blackwell denna gång, mellan två stadiga gardesvakter, uppfördes till kanslirättens lokaler. Nästan uppsluppen, and why not? Han var övertygad om att rätten snart skulle inse det obilliga i alla dessa anklagelser som omvärvde honom, och strax frige honom ur detta jordiska helvete. Men ett var också säkert! Han skulle veta att kräva fullgod gottgörelse för allt det utståndna lidandet.

– Sitt ner, Blackwell.

Tessin hänvisade med handen till förhörsstolen.

– Låt mig som inledning få citera ett par rader ur ett brev från er hustru. Beslagtaget, för övrigt, på Ollestad: *Jag förstod av ditt senaste brev att där finns partier vid det svenska hovet. Jag råder dig allvarligt att inte ta ställning för någondera parten eftersom det kan vara farligt för dig. Fiender är aldrig bra att ha, som du nog förstår. Jag ber till Gud var dag att han ska leda dig, min älskade Alexander.*

– Alltså, Blackwell, frågan lyder: Vilka partier avsåg ni i ert brev till hustrun, och vad har ni mer skrivit därom?

Blackwell bligade sturskt på Tessin.

– Herr excellens, jag är inte på något sätt förpliktigad att svara på några av era frågor så länge mitt laga ombud inte är närvarande. När herr Bindstedt kommer så ska jag mer än gärna, om han så tillråder, besvara både denna och alla andra frågor ni möjligen önskar ställa.

Han lutade sig förnöjt tillbaka i stolen med korslagda armar.

– Herr doktor...greve Tessin var röd i ansiktet av ilska...hur understår ni er att vägra besvara de frågor som kanslirätten tillställer er? Er skyldighet enligt lag är att upplysa rätten i varje spörsmål som den önskar få klarhet i. Detta oavsett det eventuella biträdets närvaro eller ej.

– Men snälla herr Tessin, jag har ju endast begärt att få rådfråga herr Bindstedt huruvida jag enligt svensk lag verkligen är skyldig att svara på alla möjliga och omöjliga frågor som ställs till mig även i helt ovidkommande ämnen. Ni har ju själv, herr excellens, i er egenskap av kanslirättens ordförande utsett Bindstedt till mitt laga ombud. Hur kan det då anses fel av mig att begära hans hjälp?

– Kanslisten är utsedd enbart för att vägleda er i det processuella förfarandet. Absolut inte för att på något sätt försvara er brottslighet eller för att lägga hinder i vägen för kanslirättens laga prövning av ärendet. Detta vet också herr Bindstedt och borde därför i rimlighetens namn även ha informerat er om den saken. Nå, Blackwell, är ni då redo att besvara frågan?

– Jag ber tusen gånger om ursäkt, herr Tessin, men jag kan nu inte exakt dra mig till minnes hur frågan löd?

– Vilka partier skrev ni om i brevet till er hustru, och i vilket sammanhang?

– Jag skrev naturligtvis om lite av varje. Sånt som man vanligtvis skriver om i brev till sin hustru från utrikes ort. Om svenska förhållanden i allmänhet och något lite också om den politiska verkligheten. Om livet i helg och söcken, helt enkelt. Har jag då även nämnt något om de politiska partierna i Sverige, så kan jag inte se något ont i det. Jag har dock aldrig, vilket jag många gånger tidigare har framhållit, skrivit om Sverige i förklenande ordalag. Detta är ni väl medveten om, herr Tessin.

– Vad jag vet eller inte vet, Blackwell, det kan vi tills vidare lämna åsido.

Det franska vägguret i rådssalen slog tre rosslande slag då dörren i bortre hörnet av rummet sakta öppnades och herr Bindstedt trädde in. En liten karl, satt, iklädd en mörk luggsliten syrtut och en svart piskperuk. En nervös liten herre som med små trippande steg gick fram till rådsbordet och bugade sig beställsamt för rättens ledamöter. Sanningen var den att han hade slagit ifrån sig med bägge händer då sysslan som biträde hade meddelats honom. Strängt åthutad av greve Tessin hade han emellertid snart fallit till föga. Därför gick han nu till sitt värv, om än högst motvilligt. Blackwell däremot, lyckligt ovetande om spelet bakom kulisserna, såg ytterst lättad ut och mottog Bindstedt med ett brett leende.

– Nå, då så, herr Bindstedt...

Greven bjöd kanslisten ta plats vid rådsbordets kortsida.

– Innan vi går vidare i förhandlingarna vill jag dock ställa en sista fråga till doktor Blackwell. Har ni möjligen något ytterligare att tillägga i alla de frågor som hittills presenterats för er?

– Inte det minsta, herr Tessin. Inte i något mål.

Greven öppnade akten med Rozirs yrkande.

– Då ankommer det tyvärr på mig som kanslirättens ordförande att låta er ta del av aktors hemställan rörande den fortsatta rannsakningen.

En kopia av handlingarna i konvolutet överlämnades till Bindstedt som snabbt ögnade igenom innehållet.

– Som ni kan se, herr Bindstedt, anför aktor här de s.k. bindande skäl och omständigheter som enligt honom gör att doktor Blackwell kan beslås med lögn och tvetungat tal, och därmed även gör målet till ett grovt brottmål som vid ett eventuellt fullföljande hade resulterat i svåra, kanske irreparabla, skador på rikets suveränitet och säkerhet. Aktor redogör därefter för de tre huvudpunkter som kortfattat utgör hans bevisning i sak: 1. Det osannolika och borttappade brevet. 2. Blackwell har erkänt korrespondens med den engelske ministern Titley – ett i sig självt både anmärkningsvärt och brottsligt beteende – varav ett av breven till yttermera visso innehåller en, enligt aktors egen beteckning, förtäckt mening av uppenbart politisk karaktär. Punkt tre slutligen president Bromans edliga intyg, vilket tillkännager att Blackwell på ett ytterst misstänkt sätt talar om den svenska successionen. Detta senare ingår även i hans majestät konungens berättelse, vartill även kommer ett högst tvetydigt tal om enväldets möjliga och kanske önskvärda återinförande. Allt sockrat av löften om de 100.000 punden. Summa summarum...

Tessin vände sig till herr kanslisten:

– Ni kan ju själv, Bindstedt, läsa herr Rozirs yrkande i sin helhet innan ni tar ställning i saken. Som sagt, summa summarum: utifrån dessa utan tvekan utomordentligt allvarliga anklagelser yrkar aktor på det tillvägagångssätt som lagen medger i Rättegångsbalkens 17 kapitel och dess 37§. Det vill alltså säga användandet av s.k. svårare fängelse för att därigenom kunna utröna sanningen i sin absoluta omfattning, och förmå herr Blackwell till en ren och uppriktig bekännelse. Beslut i den delen kommer senare under dagen att tas av den församlade kanslirätten. Alltnog, käre Blackwell, har ni nu något att anföra i detta ärende?

Bindstedt reste sig upp ur stolen och bugade sig servilt för rikskanslirådet.

– Herr excellens, en smärre detalj endast, jag försäkrar, en obetydlighet i sammanhanget, men om det tillåtes mig att få påminna om det förbud mot pina och plåga som också ingår i 17:e kapitlets 37§? Texten lyder sålunda: "Ej må Domare eller Befallningshavande låta någon till bekännelse pinas och plågas". I all underdånighet, herr greve, jag undrar bara om detta kan förenas med aktors yrkande på s.k. svårare fängelse?

– Utmärkt, Bindstedt. Alldeles riktigt. Men samma paragraf tillåter även att svårare fängelse får tillgripas där den tilltalade är bunden med "bindande skäl och omständigheter". Detta är ju också precis vad aktor har framfört i sin hemställan. Doch, Bindstedt, en straffsanktion som ska användas med stor varsamhet.

– Då är jag nöjd, herr excellens.

– Och ni, Blackwell?

– Jag har fullt förtroende för mitt ombud, herr Tessin. Anser han att lagens föreskrifter har följts till punkt och pricka, så får även jag foga mig. För övrigt, herr excellens, om man så plågade mig till döds så har jag intet mer att berätta än vad jag redan nu har sagt.

Tessin betraktade honom allvarsamt.

– Innan kanslirätten går till beslut i den här angelägenheten, så bör jag väl ändå fråga er om ni önskar någon dags betänketid?

– Om jag så betänkte mig i 100 år så har jag inget mer att tillägga.

Blackwell reste sig upp för att under bevakning av de nu tillskyndande gardesvakterna återföras till sitt arrestrum.

– Innan ni går, Blackwell, kommer ni möjligen ihåg general Glenbucket? John Gordon of Glenbucket? En av de skotska flyktingarna från Culloden som ni bestämt hävdade hade varit er gäst på Ollestad? Vid de noggranna undersökningar som kanslirätten nu företagit har det visat sig att nämnde Glenbucket låg dödssjuk i Norge just vid den tidpunkt som han enligt ert förmenande bodde på Ollestad, alltså hösten -46. Han har själv i ett brev till en av sina fränder skrivit följande: *Ingen trodde att jag skulle överleva. Folk vakade över mig varje natt i tron att jag skulle utandas min sista suck.* Först i mars/april, då ni Blackwell redan var fängslad, anträdde han resan till Sverige. Och då i första hand till Strömstad där han återigen fick inta sjuksängen. Vi får inte glömma bort i sammanhanget att Glenbucket är en gammal man som länge lidit av svår reumatism.

Tessin blängde spjuveraktigt på Blackwell.

– Ännu en lögn, herr doktor? Jag får nog tillstå att ingenting längre förvånar mig i det här ärendet. Men det framstår också allt klarare att kanslirätten gör helt rätt i att undersöka vilka hårdare medel och åtgärder som krävs för att dymedelst kunna avtappa er på åtminstone någonting som kan liknas vid sanningen.

Greven gav befallning till gardesvakten att genast låta föra ut Blackwell som utan tvekan hade bragts ur fattningen en smula och därför villigt och utan protester lät sig ledsagas ut ur rådsrummet.

Portarna till rådssalen tillslöts och kanslirättens ledamöter gick till överläggning om aktor Rozirs påståenden och hemställan. Vad nu gällde s.k. svårare fängelse – i modern mening helt simpelt en tortyrcentral – så fanns där två stycken att välja på i Stockholm vid denna tid. Den ena, Tjuvkällaren, var belägen under gamla Rådhuset på Stortorget. En välvd pelargång med en naglad träport vid var ände ledde till Rådhusets arrestantgård som omgavs av ett antal fängelserum med fantasieggande öknamn: Loppan, Vita hästen – ett fönsterlöst fångrum ca. 2 meter långt och 1,5 meter brett – Vita märren, Nya kölden m.fl.. Från arrestantgården förde en smal, mörk gång med underlag av huggen sandsten till en kort nedåtgående stentrappa vid vars ände, ca. 6 alnar under jorden, ett mörkt långsmalt rum utbredde sig där den kala stenmuren utgjorde väggar och där det endast var så pass högt i tak att en normalstor vuxen karl med möda kunde gå rak. På rummets västra kortsida, med förskjuten takhöjd, uppslogs den handklovsförsedde och nakne fången med uppsträckta armar och med framsidan av kroppen mot den fuktdrypande, iskalla stenväggen till en sådan höjd att enbart tårna vidrörde jordgolvets gyttja. Efter några timmar brast vanligen förmågan att kvarhålla avföringen. De hårt påskruvade handklovarna skar in i köttet och gav upphov till öppna och ymnigt blödande sår, och till svullnader som betäckte klovarna och senare gjorde det svårt att lossa dem från handlederna. Den snabba och kraftiga nedkylningen av kroppen var naturligtvis förenad med stor livsfara – bl.a. ansågs risken för plötslig och okontrollerbar hjärtkollaps överhängande – varför en fältskär ständigt uppehöll sig i offrets närhet för att i tid avbryta tortyren om så skulle visa sig nödvändigt.

Under tiden avvaktade tjänstgörande slottsfogde – för Blackwells vidkommande den ärrade fångknekten Holmer – plus aktor och protokollist på ett eventuellt meddelande från vaktpersonalens sida om delinkventens önskan att avlägga full bekännelse. Väntetiden fördrevs på någon lämplig lokal i Rådhusets närhet, företrädesvis Storkällaren, där den fryntlige källarmästaren Fuhrman välvilligt trakterade det inkomstbringande sällskapet. Stundom även på salig Bergmans kaffehus vid Storkyrkobrinken.

Det andra pinorummet, Rosenkammaren – ur plågosynpunkt ansedd som ett strå vassare än Tjuvkällaren – var beläget på Smedjegården, en tukthusinrättning på Norra malmen, som med ett högt träplank avskildes från den livligt trafikerade Rörstrandsgatan och från Stora barnhusets omfångsrika stall- och vedgårdsskjul. Den stora tegelstensbyggnaden härbärgerade både kedjebeslagna livstidsfångar liksom mer eller mindre tungt skuldbelastade gäldenärer som påtvingats logi på därvarande gäldstuga. Själva tortyrkammaren utgjordes av ett helt mörklagt källarvalv under byggnaden där golvet bildades av en djupgående bergsskreva, i det närmaste en grytformad håla fylld med iskallt vatten från en springkälla som tillrann ur bergväggarnas sprickbildningar. Mitt i taket hängde en köttkrok där den järnbeslagne och helt nakne fången upphängdes i handklovarna så pass högt att tårna knappt vidrörde berghällen i botten på hålan. Härvid kom naturligtvis offrets ben att ända upp till låren ständigt befinna sig i det iskalla vattnet.

Slottsfogden Holmer, som senare inkom med en rapport till kanslirätten rörande de två tortyrkamrarnas effektivitet, påstod frankt att i Tjuvkällaren kunde ingen uthärda i mer än två dygn. Om fången *ser veklig ut och lär ha varit van vid goda sötebrödsdagar*, som exempelvis skotten Blackwell, betydligt mindre. Gällande Rosenkammaren var Holmer kategorisk: högst 6 timmar, mestadels två!

Diskussionen i kanslirätten blev kortfattad och i det stora hela relativt odramatisk. Under Tessins skickliga ordförandeskap fördes förhandlingarna i den önskvärda riktningen, dvs. till ett resultat som var helt i överensstämmelse med aktors hemställan. Greve Tessin klargjorde för sina medledamöter att där fanns tillräckligt med bindande skäl och omständigheter för att med god marginal tillfredsställa lagens föreskrifter och därmed, i enlighet med RB 17:37, utan att tveka kunna besluta om svårare fängelse.

– Mina herrar, vi har ett grovt och svårt brottmål på vårt bord. Aktors inlaga står på säker grund. De tre anklagelsepunkterna däri är bestyrkta både genom vittnesmål och i viss utsträckning även genom Blackwells egen bekännelse, bl.a. angående de 100.000 punden. Jag kan inte nog betona vikten av att den underliggande planen rörande omkullkastandet av den svenska successionen och hotet mot vårt kära kronprinspar, till fullo blir avslöjad. Vi har rikets säkerhet och dess dyra frihet i våra händer. Glöm icke detta! Av den orsaken, och utifrån det jag nu sagt, så kan det inte föreligga någon som helst tvekan om att Blackwell för sanningens utletande bör underkastas svårare fängelse, för att vi därigenom ska kunna lossa hans tungas band och förmå honom till en ren och uppriktig bekännelse. För detta ändamåls vinnande kommer då givetvis Tjuvkällaren i första hand att tillgripas.

Den enda väsentliga kritik som trots allt framfördes mot rikskanslirådets självsäkra anförande kom från kanslirådet

Gyllencrona. Politiskt neutral, om nu sådant var tänkbart i dessa dagar, därför också en black om foten på Tessin. Därutöver en varm och hängiven anhängare av lag och rätt. Han ifrågasatte med skärpa påståendet om bindande skäl och omständigheter då ju egentligen ingenting hade framkommit i förhören med Blackwell, eller vid granskningen av hans privata papper, som klart och entydigt kunde bevisas. Förutom, möjligen, Blackwells egen bekännelse om de 100.000 punden. En brottslig och förkastlig handling givetvis, vilken också borde straffas som en sådan, men absolut ingen grund för att döma till svårare fängelse. Det uppgivna syftet var ju dessutom oförargligt, för att inte säga lovvärt: vänskap med ett naboland. För övrigt borde nog kanslirätten i den delen bedriva betydligt kraftfullare efterforskningar rörande den, enligt utsago, "förnäme och högt uppsatte" personen som skrev det ifrågavarande och oundertecknade brevet.

– Om denne herre till äventyrs verkligen existerar, påpekade Gyllencrona, så är han ju då också att betrakta som den rätte och klandervärde upphovsmannen till hela den riksomstörtande plan som vissa av rättens ledamöter anser utgöra den yttersta grundvalen till denna abominabla "affär".

Likaså var naturligtvis brevväxlingen med den engelske ministern Titley i viss mån oförenlig med svensk lagstiftning. Men å andra sidan har kanslirättens genomgång av de nu beslagtagna breven påvisat ett innehåll som minst sagt måste betraktas som harmlöst. Den s.k. förtäckta meningen hade ju Blackwell också förklarat på ett relativt godtagbart sätt, såsom varande ett försök från hans sida att utbjuda sina tjänster som livläkare hos hennes majestät drottningen av Danmark. Alltså, även på denna punkt, poängterade herr Gyllencrona, ingen orsak till ett beslut om svårare fängelse. Liksom i fallet med de 100.000 punden hade således även brevväxlingen med mister Titley en rimlig och kanske helt naturlig förklaring. Då det sedan gällde hans majestät konungens och president Bromans berättelser om innehållet i de samtal som förts med Blackwell, så fanns det även där vissa juridiska invändningar att göra. Samtalen var att betrakta som enskilda, förda mellan fyra ögon så att säga, vilket i sig och i enlighet med Rättegångsbalkens kapitel 17 och dess 7§, borde jäva president Broman och för den delen, i all ödmjukhet givetvis, även hans majestät såsom vittnen i egen sak. Var och en kan i detta fall vara att anse som part i eget mål till följe av ordalydelsen i anförda lagrum: "Ej må den vittna...som själv i saken hava del". Då också Blackwell, naturligtvis. Utomstående åsyna vittnen till dessa samtal måste då sökas annorstädes. Saken blev än besvärligare, ansåg kanslirådet, med tanke på det nära förtroendet i olika hänseenden som förelåg mellan hans majestät konungen och president Broman. Herr Broman var ju i lagens mening att betrakta som innesluten i begreppet "konungens eget husfolk" och därmed som vittne jävig, eller, om man så vill, obrukbar.

– Ni ser alltså, herrar ledamöter av kanslirätten, på vilka lösliga grunder lagtextens bindande skäl och omständigheter har byggts på i detta fall. En sak står emellertid fullständigt klar: ingen i detta land får numer, som lagen uttrycker sig, "pinas och plågas till bekännelse". Detta förbud utgör lagrummets första och övergripande moment i RB 17:37. Det innebär egentligen att även om där till äventyrs skulle finnas s.k. bindande skäl och omständigheter – vilket alltså jag i föreliggande mål med skärpa bestrider – så är det därmed inte självklart att svårare fängelse, lagparagrafens andra och underordnade moment, därför, per automatik så att säga, får utnyttjas. Åtminstone inte om detta i något avseende skulle innebära pina och plåga. Vilket Tjuvkällaren utan tvekan kommer att förorsaka. Ska jag nu vara helt och hållet uppriktig så är jag övertygad om att Blackwell endast är att betrakta som en simpel kannstöpare och en

politisk pratmakare, vars stortalighet och heta vilja att spela
en roll i det maktbärande samhällsskiktet lett honom in på
slingrande villovägar. Jag törs till och med påstå att där inte
finns någon som helst plan bakom alla hans göranden och
låtanden. Blott en chimär, ett luftslott, utan någon förank-
ring i verkligheten. I övrigt, mina herrar...kanslirådet krökte
ryggen till en djup och elegant reverens inför rådsbor-
det...rekommenderar jag mig och avstyrker således med
eftertryck aktors yrkande.

Gyllencrona argumenterade, trots vältalighet och ärligt
uppsåt, för döva öron. Kanslirättens beslut att låta insätta
Blackwell i Tjuvkällaren blev i stort sett enhälligt, då med
undantag av just Gyllencrona. Där skulle Blackwell sitta till
dess att hans styvsinthet var kuvad och han hade visat
avgjorda tecken till att vilja avge en ren och uppriktig be-
kännelse. Eller till dess han inte längre kunde uthärda.

I vanlig ordning blev Blackwell vid ankomsten till Tjuv-
källarens pinohåla avklädd naken in på bara skinnet. Hutt-
rande av köld belades han med två grova och hårt åtskru-
vade handklovar förenade med en kraftig kätting. Därefter,
med hjälp av två vaktsoldater, lyfte slottsfogden Holmer
upp honom mot den fuktmättade bergväggen och anbring-
ade kedjan över två stadiga järnbultar som var inslagna i
väggen. Den magra kroppen, vars hela tyngd nu vilade på
armar och handleder, kom att hänga i en något böjd vinkel
eftersom bröstkorgen låg an mot ett utsprång på klippväg-
gen och därvid lämnade benen fritt hängande. Endast med
ungefär halva fotbladet berördes den tillfrusna golvgyttjan.
En gardesvakt posterades utanför fånghålans järnbeslagna
träport med bestämda order att genast tillkalla slottsfogden
och protokollisten Swahn vid minsta yttring från Blackwells
sida som kunde tyda på att han ville lätta sitt förhärdade
hjärta. Vid en sådan tingens ordning hade Swahn till upp-
gift att färmt och noggrant nedteckna allt som Blackwell
kunde ha att förtälja. Herrarna befann sig några rum längre

bort utmed den dystra bergsuthuggningen. I sällskap med Herman Schützer, tjänstgörande fältskär.

Efter det att porten tillslutits rådde mörker och stillhet. Ekande, kylig tystnad, endast avbruten av Blackwells lågmälda kvidanden...

Klockan halv åtta på morgonen den 2 april var det enligt vaktpostens utsaga *på upphällningen* med Blackwell. Vakten hade strax före sju samma morgon tyckt sig höra ett gnyende inifrån fånghålan och därför gått in i densamma för att försäkra sig om att allt stod rätt till. Då han i det syftet böjde sig fram mot Blackwells halvöppna mun för att kunna uppsnappa eventuella ord och meningar som kunde peka på någon form av medgivande eller bekännelse, kunde han tydligt höra hur Blackwell väste:

– Säg till hans excellens att jag har något mycket viktigt att säga...jag ber er, för Guds skull, skynda er. Säg honom...säg honom att där inte finns något brev. Gud bevare mig, men jag ljög helt simpelt.

Holmer tillkallades på momangen varefter Blackwell skyndsamt häktades ner från klippväggen, påkläddes skjorta och byxor för att sedan, stödd på slottsfogden, släpas upp till ett mindre förhörsrum på våningsplanet rakt ovanför själva Tjuvkällaren. Vid ett skrangligt slagbord som var placerat mitt i rummet satt redan greve Tessin och kanslirådet Klinckowström.

– Nå, min käre doktor, ni hade visst något viktigt att berätta?

Blackwell var svårt medtagen och den renrakade skallen skakade oupphörligt.

– Herr excellens, finns det någon möjlighet att mitt ombud först kan tillkallas?

– Tyvärr, herr Bindstedt är för närvarande oanträffbar. Men låt inte detta hindra er, för all del. Berätta vad ni vet, min vän, så ska kanslirätten med stort överseende räkna detta till er förtjänst. Ni vet ju att en uppriktig bekännelse renderar lindring i straffet. Om jag nu inte misstar mig så var det visst något om brevet, eller hur Blackwell?

Blackwell svarade inte genast. Djupt försjunken i tankar som det verkade satt han stelt stirrande med nedböjt huvud. Efter ett tag lyfte han upp båda armarna inför de höga herrarna så att de tydligt kunde se de svårt sargade och uppsvullna handlederna ur vars öppna sår blod fortfarande flöt. Med tårar i ögonen frågade han:

– Är detta att gå varsamt till väga? Det har sagts mig att man inte får pina och plåga fram en bekännelse, men vad kallar ni då detta, herr greve? Jag ställer mig också frågan hur herr Bindstedt, mitt s.k. laga ombud, kunde gå med på denna omänskliga tortyr utan att på alla möjliga sätt protestera. Vem är han då egentligen satt att biträda?

Tessin såg något förlägen ut men svarade vasst.

– Mister Blackwell, ni vet att ni endast behöver avlägga en bekännelse som är essentiell och helt uppriktig för att undslippa detta svåra fängelse. Det ankommer uteslutande på er själv. Dessutom har jag redan tidigare sagt att om ni väljer att göra så, så kommer ni också att ha en sann vän i mig och jag lovar då högt och heligt att göra allt för att lindra era besvär. Betänk detta, Blackwell! Men åter till saken, hur var det nu med brevet?

– Hur många gånger ska jag behöva säga detta för att ni ska tro mig? Jag fick brevet av en för mig okänd man på gatan och gick genast därefter till hans majestät konungen för att inför honom redogöra för brevets innehåll. Vad mer vill ni att jag ska säga? Ni kan väl ändå inte begära att jag ska dikta något på mig för att jag äntligen ska få bli lämnad i fred? Ska jag helt fräckt ljuga, herr Tessin?

– Mycket märkligt, Blackwell. Hur kan det i så fall komma sig att ni sa till vakten, och senare även till slottsfogden, att det inte fanns något brev? Det är ju av den anledningen, och endast därför, som ni nu sitter här. Ljög ni då tout simplement?

Blackwells ögon blev glansiga och han svarade med blicken bedjande fäst på Tessin:

– Herr excellens, jag uthärdade inte längre. Därför sa jag så för att så snabbt som möjligt komma ut ur denna helvetiska fängelsehåla som närapå kostat mig livet.

Tårarna rann strida nedför Blackwells glåmiga kinder.

– Vad som helst, herr Tessin, vad som helst...jag påtar mig vad ni vill bara jag slipper denna sataniska djävulsgrop. Jag dör hellre hundra gånger om än att behöva utstå ett sådant lidande en gång till.

– Ni ljög alltså! Det duger inte, Blackwell, det duger alls icke.

Tessin vinkade till sig de två gardesvakterna som stod på post vid rumsdörren.

– Herr'n här ska genast återföras till Tjuvkällaren.

Blackwell föll ned på knä med knäppta händer.

– Barmhärtighet, your excellency, for God's sake, mercy...det blir min död. Jag säger allt ni vill bara ni låter mig slippa denna helvetiska pinohåla.

Med ett resolut handgrepp under vardera armen på den arme skotten ömsom släpade ömsom bar vaktsoldaterna Blackwell ut ur förhörsrummet. Hans skrik kunde fortfarande höras i trappan ned till fångkammaren då slottsfogden Holmer bugande begärde företräde. Greven såg leende upp från ett papper som han med lornjetten för ögonen just hade studerat.

– Så bra, Holmer. Ni kunde väl knappast undgå att höra herr Blackwells mödosamma färd ner till Tjuvkällaren?

– Svårligen, herr excellens.

– Nu är det faktiskt på det viset, min käre Holmer, att de frågor jag skulle vilja att ni besvarade har med just den saken att göra. Hur länge tror ni par exemple att doktor

Blackwell kan uthärda i Tjuvkällaren utan att ta allvarlig skada?

Holmer såg fundersam ut.

– Svårt att säga, herr Tessin. Mister Blackwell ser onekligen alltför vek ut för att kunna stå ut någon längre tid. Jag törs nog påstå att en rejäl arbetskarl som blivit härdad av dagligt arbete kan vistas i Tjuvkällaren i åtminstone 2 dygn, kanske 3. Men herr Blackwell...slottsfogden kliade sig betänksamt i huvudet...nå, 1 dygn skulle jag väl ändå kunna tro. Knappt.

– Vilka försiktighetsåtgärder har vidtagits för att förhindra ett plötsligt dödsfall?

– Jag får allt säga att den risken är nog så liten. För det första står en vaktpost dag och natt utanför dörren med skarpa order att noggrant observera allt som tilldrar sig, och vid behov meddela övrig personal om han förmärker något illavarslande. Men sen har vi ju också vår tjänstgörande medicus, doktor Schützer, som regelbundet tillser herr Blackwell. Om han inte själv försöker ta sig av daga, hur nu det ska ske, så tror jag nog att vi ska kunna hålla honom vid liv tillräckligt länge. Jag kanske bör tillägga att han under inga som helst omständigheter får inneha kniv eller något annat föremål med lansettliknande former.

– Det låter betryggande, Holmer. Vad sedan gäller den dagliga födan så skulle jag vilja veta om den förnekas strafffången överhuvudtaget, eller, om så inte är fallet, hur ser tilldelningen ut?

– Endast till nödigt livsuppehälle, herr Tessin, inte en smula mer. Visserligen begärde Blackwell idag utöver ranson även något svagdricka och ett par kringlor. Men jag kan försäkra er, herr excellens, det förnekades honom.

9

ALEXANDER...Alexander..min älskade Alexander, hur många fler bröllopsdagar ska jag behöva uppleva utan att få se dig?

Blackwell hade äntligen sjunkit in i en efterlängtad och lindrande halvdvala, med vred sig oroligt än hit än dit på det fuktsura halmbolstret.

Oh, Alexander, my beloved husband, varför har du inte sänt pengarna som du lovade? Vår stackars Betsy ligger fortfarande sjuk i feber. Jag längtar så efter att få höra från dig igen...

Slagen kom nu allt tätare, allt hetsigare, tills Blackwell förnam en känsla av obeskrivlig fasa vid upplevelsen av att bröstkorgen när som helst kunde brista under det helvetiska trycket av hjärtats obarmhärtiga och ångestdrivande hammarslag. Dunk/dunk...dunk/dunk...dunk/dunk...

Natten till fredagen den 3 april hade doktor Blackwell fått nog av denna sin andra resa till Tjuvkällaren. Gällt skrikande hade han tillkallat vaktposten och enträget påstått sig ha något att bekänna. Bland annat om ryssen, i sanning märkvärdiga saker, vilket nog skulle intressera kanslirätten. Någon timme därefter hade han nedtagits från klippväggen men då befunnits vara så medtagen att förhöret ajournerats till dagen därpå, varför Blackwell själv bars in i den ordinarie arresten för att där tillbringa återstoden av natten.

– Gud välsigne er, doktor Blackwell, vad har man då gjort med er?

Pastor Tollstadius, fängelseprästen, hade just kommit in i cellrummet och till sin stora förfäran konfronterats med Blackwells illa marterade kropp på sovbritsens stinkande halmhög. Det blodfläckade tageltäcket var uppdraget till

83

hakans grå skäggstubb och de uppsvullna och såriga armarna hängde till synes livlösa ned mot det tillstampade jordgolvet. Då ljudet av pastor Tollstadius' röst ekade i det lilla rummet vaknade Blackwell till liv. Med tårfyllda ögon bönföll han enträget pastorn:

– Kära herr Tollstadius, kan ni inte förmå dem att sluta? Min vånda är outsäglig, herr pastor, jag orkar inte ett uns mer av detta utdragna lidande...

Tollstadius skyndade sig fram och knäböjde framför bädden.

– Seså, herr Blackwell, fatta mod. Vet att Herren hör bön. Gå till Jesum, herr Blackwell, gå till Jesum Christum!

– Men vad har då Gud gjort med mig, herr pastor? Vart är väl han när jag hänger på klippväggen i denna satans Tjuvkällare? Sitter han månne här vid min bädd när dödsångesten får det att svindla för mitt inre?

– Häda icke, Blackwell! Betänk att Herren själv var upphängd på trä för våra synders skull. Vem är väl då ni som anser er större än vår Herre? Att räknas förmer än vår Frälsare? Den Herren älskar den agar han ock! Märk väl, är du utan aga så är du oäkta och icke ett Guds barn!

Blackwell satte sig gråtande upp på sängen.

– Jag dör hellre, herr pastor, än att än en gång bli slagen i bojor och tvingas uthärda bergväggens förlamande iskyla. Om nu Gud vill krossa mig, varför fullbordar han då inte sitt värv? Jag orkar inte längre bära all denna smärta, herr Tollstadius. Om priset för att undslippa detta pinoläger är lögnen, så är jag beredd att pådikta mig vad som helst. Jag försäkrar er, vilka hårresande brott det än må vara som man nu önskar pådyvla mig.

Tollstadius slöt Blackwells magra, skälvande kropp i sin trösterika famn.

– Såja, Blackwell, kalmera er. Förbida Herren! Han kommer, var så säker. *Jag bor i helighet uppe i höjden,* säger Herren, *men ock hos den som är förkrossad och har en ödmjuk ande. Ty jag*

vill giva liv åt de ödmjukas ande och liv åt de förkrossades hjärtan.
Ni måste överlämna er i vår Herres vård, Blackwell, med
hull och hår. Ni måste naken gå in i tron. Tålamod, och ni
ska se att er Frälsare snart är här.

Pastor Tollstadius satte handen till örat.

– Gud vare lovad, jag kan redan höra hans nåderika kär-
leksröst. Låt oss tillsammans bedja Herrens bön, och därvid
noga betänka hans ord: *Ty var två eller tre äro församlade i mitt
namn, där är jag mitt ibland dem.*

Blackwell knäppte händerna och stämde in i pastorns
mässande röst:

> Fader wår som äst i himlom!
> helgat varde ditt namn;
> tillkomme ditt rike;
> ske din vilja, såsom i himmelen,
> så ock på jorden;
> vårt dagliga bröd giv oss i dag;
> och förlåt oss våra skulder
> såsom ock vi förlåta dem oss
> skyldiga äro...

– Herr pastor, jag måste erkänna att jag i dessa dagar känt
stor ångest över det liv som jag hittilldags har fört. Man
önskar en ren och uppriktig bekännelse av mig, men det
enda jag egentligen kan bekänna är den djupa sorg och
brännande bedrövelse som jag alltmer erfar vid den sting-
ande hågkomsten av ett liv i skamlöst bedrägeri och i kär-
lekslös svekfullhet.

Tollstadius grep tag om Blackwells skälvande händer.

– Rätt så, min käre Blackwell, rätt så! Var övertygad om
att det nu är Gud som i sin barmhärtighet söker dig och
kallar dig till bättring. Han uppenbarar för dig din synd för
att du, min dyre vän, i ditt djupa syndafördärv ska ropa
efter Kristus Jesus, din Frälsare, och i hans översvinnliga

nåd finna förskoning och slutlig försoning. Gud har vidrört dig från sin upphöjda helighet. Känn syndafallets sötma, Blackwell, och förnim i din stora själavånda det oändliga behovet av Frälsarens allt syndaförlåtande rättfärdiggörelse.

Blackwell grät hejdlöst och lutade förtvivlat sitt värkande huvud mot pastorns kaftanklädda bröst.

– Det som allramest smärtar mig, herr Tollstadius, är mitt himmelsskriande svek gentemot min kära hustru och mina älskade barn. Jag övergav dem...oh, hur fräter icke minnet på min fördömda själ...jag övergav dem, det är sant, och därvidlag såg jag endast till mig och till mitt. Ack, herr pastor, min förtvivlan är gränslös. Stundom känns det som att jag nu är räddningslöst förlorad.

– Fröjda sig, Blackwell! Gud söker dig. När ditt hjärta och sinne är berett så kommer han. Guds lamm som borttager all synd. Då kommer han till dig, min käre vän, och låter dig erfara vad syndaförlåtelse och rättfärdighet är för kostbara ting.

Pastorn lade sina händer på Blackwells nakna axlar och såg honom rakt in i ögonen.

– Gack i frid, Blackwell, och synda icke härefter!

Tollstadius hade med hjälp av sina uppbyggliga ord och sitt varma väsen lyckats lugna Blackwell och stilla hans bankande hjärta. De rödgråtna ögonen hade sinat och han talade nu med fast och behärskad röst.

– Vet ni, herr pastor, jag hade den mest märkliga dröm i natt. Jag drömde, vilket jag väl även tidigare har gjort, att väggen bröts upp i långdragna sprickor som strax förvandlades till tunnlar, eller gångar, av ren is. Släta isväggar som var omöjliga att luta sig emot utan att glida omkull. I dessa gångar sprang jag som om jag var jagad av någonting obeskrivligt ont, av en konturlös skepnad, en namnlös fasa som jag kände inom mig men som jag ändå inte riktigt kunde sätta fingret på. Och kan ni tänka er, herr pastor, medan jag sprang där i gångarna attackerades jag av fångknektar med

stora armborst i händerna, vars pilar genomborrade min
kropp utan att fördenskull till fullo kunna dräpa mig. Jag
försäkrar er att jag vaknade upp kallsvettig mitt i natten och
att det tog en bra stund innan jag åter kunde somna in.

10

– Nåväl, Blackwell, vad var det nu ni hade att berätta? Enligt vaktpostens utsago hade ni högviktiga saker att säga. "Om ryssen", bland annat.

– Herr excellens, jag anser mig onekligen ha en hel del intressanta nouveller om Ryssland som jag tror det skulle vara till fördel för Sverige att känna till.

– Berör det på något sätt föreliggande mål?

Blackwell tvekade en smula innan han svarade.

– Nja, kanske inte direkt, herr excellens, om nu inte den ärade kanslirätten vill betrakta dessa mina upplysningar som klara bevis på min absoluta uppriktighet och sannfärdighet. Med detta vill jag också än en gång betona att jag ingenting har att dölja, varför mitt samvete på den punkten är rent och oanfrätt.

Blackwell smålog förnöjt.

– Saken är nämligen den att jag sedan ungefär två år tillbaks i tiden har brevväxlat med den ryske greven och livläkaren L'estocq. Som ni säkert känner till är monsieur L'estocq inte bara kejsarinnan Elisabeths läkare utan även gunstling och betrodd politisk rådgivare.

Tessin, irriterat.

– Kanslirättens ledamöter är väl medvetna om vem herr L'estocq är. Vad vi däremot svävar i ovisshet om är anledningen till er korrespondens med denne greve.

– Helt enkelt av den orsaken att jag ämnade skriva till min hustru i England och be henne resa över till Sverige i sommar. För att nu inte äventyra hennes säkerhet lät jag skriva till herr L'estocq för att försäkra mig om att inga ryska krigsoperationer planerades mot Sverige detta år.

– Men varför i Herrans namn skulle en sådan hög herre som greve L'estocq besvara ett brev från er? I vilket förhållande står ni då till greven?

– I min profession som läkare har jag haft den stora äran att ge greven en hel del goda råd angående de podager som han lidit av sedan många och smärtfyllda år. Svårartad gikt, kan jag också tillägga, framförallt i höger stortå. Men jag får även tillstå att det i vår brevväxling insmugit sig en mångfald politiska reflexioner och upplysningar av diverse slag, vilka jag alltså nu menar kan vara till stort gagn för Sverige att få veta. Bland annat underrättelser rörande den nyligen ingångna Freds- och allianstraktaten mellan Ryssland och Danmark.

Doktor Blackwell såg förstulet upp på greve Tessin för att utröna vad verkan hans ord hade fått.

– Vad gäller traktaten mellan Ryssland och Danmark, påpekade Tessin, så utgör den ingen som helst nyhet för det svenska riksrådet. Att den i något avseende även riktas mot svenska intressen ligger nog i sakens natur. Om jag ska vara ärlig så tror jag inte att något mer av särdeles intresse kan tillfogas i den delen. För övrigt, Blackwell, på vilket sätt förmedlades era brev till greve L'estocq?

– Mina brev gick under den engelske konsuln Fenwicks kuvert till Helsingör. Därifrån till Tomsson & compagnie i S:t Petersburg. Vad jag förstår hämtades de sedan av greven i detta kompanis lokaler.

– Vad fordrade L'estocq i gengäld för sina informationer?

– Vad menar ni?

– Ni måste väl ändå förstå, mister Blackwell, att kanslirätten inser att en sådan herre som greve L'estocq utan tvivel kräver ersättning för sina underrättelser i form av likartade upplysningar rörande svenska förhållanden. Var det exempelvis inom ramen för denna korrespondens som planen angående omstörtandet av den svenska successionen utformades? I maskopi med engelska och möjligen danska intressen?

Blackwell sprang häftigt upp ur stolen och utropade upprört:

– Hur understår ni er, herr Tessin! Ni saknar all grund för sådana infama beskyllningar. Min och grevens korrespondens rörde sig uteslutande om medicinska råd och föreskrifter. Från grevens sida förmedlades därutöver vissa upplysningar om ryska förhållanden. Bland annat, och det sak villigt medges, gavs då en del politiska förtroenden. Men det är oförskämt av er, herr excellens, att låta påskina att jag å min sida ägnat mig åt landsförrädisk verksamhet genom att sälja ut sekret material angående svensk in- och utrikespolitik till nämnde greve. Ett sådant horribelt påstående är helt enkelt inte sant.

Tessin slog näven i bordet.

– Sätt er ner, Blackwell. Jag kan trösta er med att kanslirätten är ytterst tveksam till huruvida denna brevväxling överhuvudtaget har ägt rum. Vart förvarar ni idag alla breven?

– Jag är ledsen, herr Tessin, men jag skulle tro att jag rev sönder samtliga brev, eftersom jag vid tillfället ifråga befarade att något av dem kunde hamna i orätta händer.

– Alldeles riktigt, Blackwell. Inte ett spår av denna korrespondens har gått att hitta ute på Ollestad. Inte heller i ert logi här i staden.

Greven log försmädligt.

– Ännu fler amsagor, min käre Blackwell? Försöker ni återigen dupera rätten med obskyra erbjudanden om vad ni anser vara högintressanta nyheter för att om möjligt undslippa den hemska arresten? Hur kan det dessutom komma sig att ni genast blir så upprörd då talet faller på successionen? I era samtal med både hans majestät konungen och herr president Broman har ju detta ord uttryckligen nämnts. Och det av er, Blackwell. Bevittnat och intygat!

– Hur många gånger, herr excellens, måste jag säga att jag inte har nämnt ordet succession eller för den delen suveränitet i mina samtal med hans majestät konungen? Varför kan man inte sätta tilltro till mina ord? Då jag talade med hans majestät om brevet och om de 100.000 punden som Danmark erbjöd för Sveriges vänskap, svarade majestätet: *Syftar man möjligen på någon förändring i regeringssättet eller vid successionen?* Varpå jag sanningsenligt svarade:

– Det vet jag ej. Det står absolut ingenting i brevet varken om regering, succession eller suveränitet.

Majestätet förundrade sig då högeligen över att Danmark ville betala för att erhålla Sveriges vänskap, eftersom han alltid varit vän med detta land. Det var alltså hans majestät konungen som uttalade ordet succession för allra första gången, liksom ordet suveränitet, inte jag. Absolut inte jag!

– Ni har med andra ord fräckheten att insinuera att både hans majestät konungen liksom president Broman ljuger?

Blackwell ryckte resignerat på axlarna.

– Det vore mig fjärran, herr excellens. Jag talar bara om det som jag vet är sant. Även vid mitt samtal med herr Broman så var det presidenten själv som först nämnde ordet succession då han frågade mig: *Vill man då, herr doktor, en förändring i tronföljden?* Vilket av mig besvarades på samma sätt som inför majestätet: det vet jag ej, mer stod inte i brevet. Jag är redo, herr excellens, att ta det straff som krävs om jag nu skulle beslås med att tala osanning. Detta kan jag säga just därför att jag själv vet att det jag talar är sanning.

Tessin betraktade Blackwell med ett välvilligt leende på läpparna.

– Jag har sagt det förut, men det tål att upprepas. Om ni kan förmå er till en ren och trovärdig bekännelse så är jag den förste att bli er uppriktige vän och på alla sätt arbeta för en lindring i det kommande straffet. Det förstår ni väl vid det här laget, Blackwell?

Blackwell, som var ovan vid goda leenden och mjuka ord, såg på greven med tårar i ögonen.

– Herr Tessin, jag tackar allra ödmjukast för de orden, och med handen på hjärtat lovar jag att göra allt som står i min makt för att sprida ljus i denna så olyckliga sak.

Tessins röst hårdnade:

– Men om så inte sker, Blackwell, om ni inte snart kan tvinga er till en sann och uttömmande bekännelse, så ska jag vid Gud bli en av era strängaste domare. Nå, nog om detta. Vad var nu det egentliga syftet med att erbjuda hans majestät konungen 100.000 pund?

– Ärligt och uppriktigt, herr excellens, jag vet icke av något annat skäl för dessa pengar än det som stod i brevet. Det vill säga Danmarks uttryckliga önskan om att erhålla Sveriges vänskap och dess löfte om att avvärja eventuella hot och krigsoperationer.

– Min käre Blackwell, ni måste väl ändå inse att en offert i den storleksordningen aldrig skulle göras om den inte var förknippad med en vittomfattande plan av något slag?

Med förtvivlan målad i ansiktet svarade Blackwell:

– Men vad vill ni då att jag ska säga? Ska jag vara tvungen att dikta någonting på mig för att undslippa alla dessa vidrigheter? Inför Gud i himmelen och på min egen själs salighet har jag om och om igen bedyrat att det jag sagt om innehållet i brevet är sant. Något annat känner jag absolut icke till.

– Nåja, Blackwell...

Tessin bläddrade förstrött bland papperen på bordet och plockade slutligen upp en brevlista fullklottrad med namn, datum, poststationer, och i vissa fall korta resuméer av epistlarnas innehåll.

– När påbörjades korrespondensen mellan er och den engelske ministern i Köpenhamn?

– Om jag nu minns rätt bör det ha skett någon gång på hösten -46. Oktober bestämt.

– Vilka ämnen omrördes?

– En hel del om de skotska rebellerna, vilket ni ju redan vet. Utöver detta något litet om partiställningen här i Sverige och om härvarande riksdag, dock endast bagateller av mer allmänt intresse. Även den förväntade alliansen mellan Sverige och Preussen togs upp till behandling, varvid jag kunde meddela mister Titley att den skulle slutas först efter riksdagens avblåsning. Ja, förutom detta, herr excellens, har vi ju redan talat om mina, enligt er mening, patetiska försök att erbjuda drottningen av Danmark viss medicinsk rådgivning.

– Var det inte i själva verket så, Blackwell, att erbjudandet om de 100.000 punden som omnämndes i det, som ni hävdar, oundertecknade brevet härrörde just från herr Titley och i första hand var avsedda för hans majestät personligen? I akt och mening att vinna majestätets anslutning till den djävulska plan som utarbetats vid det engelska hovet och som syftade till den svenska successionens omstörtande? Er uppgift därvidlag bär väl då ha varit att nästla er in hos hans majestät konungen och inleda trandansen med offerten om de 100.000 punden. Eller hur, min bäste Blackwell? Var det inte så det egentligen gick till?

– Absolutely not, your excellency...Blackwell var märkbart skakad av grevens skarpt uttalade anklagelse...jag har redan sagt, inte bara en utan otaliga gånger, att de 100.000 punden var menade som en gåva till hans majestät konungen under förutsättning att majestätet önskade vidmakthålla en god och förtröstansfull vänskap med Danmark. Detta var ju också vad som stod i brevet. Furthermore, mister Titley har aldrig i något av sina brev till mig nämnt ordet succession eller ens andats en stavelse om någon plan riktad mot den svenska tronföljden. Vad mer finns där att tillägga , herr

Tessin? Jag kan försäkra er att jag aldrig skulle tiga om det fanns något mer att berätta.

Tessin såg medlidsamt på Blackwell.

– Ni ger mig inget annat alternativ, min vän, än att åter låta föra er till Tjuvkällaren.

Blackwell bleknade.

– Herr greve, ni behagar kalla mig er vän vilket gläder mig mycket och skänker tröst i dessa svåra omständigheter. Men hur kan ni då återigen vilja utsätta mig för Tjuvkällarens pinande vidrigheter? Jag ber er på mina bara knän, herr Tessin, låt mig hellre få dö...

– Ingen är betjänt av er död, Blackwell, men alla era tårar kan inte dölja det faktum att ni enständigt vägrar att erkänna talet om succession inför hans majestät konungen och inför herr Broman. Trots presidentens edsintyg och majestätets egenhändigt signerade relation! Ni kan inte heller på ett tillfredsställande sätt klargöra hur det famösa brevet kom i era händer, eller vem som skrivit det. Dessutom, givetvis, den i sig självklara och i grunden viktigaste frågan: existerar brevet överhuvudtaget? Eller är allt en enda härva av lögner? Därtill, Blackwell, nekar ni att uppge den försåtligt uttänkta plan som utan tvekan måste ligga bakom all denna verksamhet. Alltså, vad göra? Ni ger mig som sagt inget val. Jag kommer omedelbart att inför kanslirätten förorda ytterligare resor till Tjuvkällaren. Ända till dess att ni tar ert sunda förnuft till fånga och självmant bekänner era brottsliga gärningar.

Stora och tunga var de tårar som vätte Blackwells bleka anlete.

– Men snälla herr Tessin, det stod absolut ingenting mer i brevet än vad jag redan har sagt. Successionen har aldrig varit nämnd, aldrig någonsin! Jag tar ännu en gång Gud till vittne på att jag talat den rena och ärliga sanningen och att jag inte ett ögonblick skulle tveka att berätta om jag visste något mer. Men en sak kan jag säga er, herr Tessin, jag

uthärdar icke Tjuvkällaren. Kött och blod kan inte utstå ett
så svårt och fasansfullt fängelse.

<h1 style="text-align:center">11</h1>

RIKSDAGEN GICK i allt väsentligt sin gilla gång. Som vanligt i slika sammanhang under hägnet av ohöljd korruption och skamlöst landsförräderi. Ryska bestickningspengar tillsammans med engelska och franska nästlade sig frätande in i den svenska samhällskroppen. Ministerier, kanslier, riksdagens ledamöter ur alla stånd och talrika tjänstemän på olika nivåer berikade sig med grabbanävar av klingande rubler, franc och pund, omräknade enligt gällande växelkurs till svenska daler kopparmynt och riksdaler specie. Inte ens i den högsta regeringskretsen försmåddes denna glittrande gudagåva. Ofta sågs både rådsherrar och andra högre ståndsledamöter vandra ut och in i de utländska beskickningarnas ministerhotell där de ymnigt lät sig trakteras och konverseras av den etterstinne von Korff eller av den pösmagade översten Guy Dickens. Rikskanslirådet Tessin och hans såta medbröder i hattpartiet besökte i sin tur den franske ambassadören Marc Antoine de Lanmary, som inte alltför länge sedan hade införskaffat greve Tessins palats i Stockholm för en köpeskilling som vida översteg dess reella värde. Detta betraktat som en gåva – av malisen dock ansedd som en dold muta – för att i någon mån bisträcka greven i hans ständigt tilltrasslade affärer. Under riksdagens lopp kom för övrigt den franske ministern att spendera ca. 1.000.000 daler kopparmynt för befrämjande av "la bonne cause". Utdelade till hattpartiet och dess omfattande förgreningar inom det svenska samhällsmaskineriet för att dymedelst göra front mot de rysk-engelska intressena. Korff å sin sida – sammantaget med den engelske ministern Guy Dickens' mutpengar – utgav vid samma riksdag i runda tal 95.000 rubel, eller i svenska mynt, ca. 900.000 dal. kmt..

96

Med hjälp av von Korffs ministerskrivelser till det ryska utrikesministeriet i S:t Petersburg, rubricerade *Balance...till befordran av den goda saken*, kan en någorlunda tillfredsställande bild erhållas av i vilka syften och till vilka personer denna för svenska förhållanden oerhörda pengamängd utdelades. *La Balance* antecknar noggrant namnen på de mutkolvar och penningspridare som allra flitigast utnyttjades av den förslagne ministern och hans besoldade hejdukar: *d. 16 sept. 1746 till köpman Springer för att därigenom åstadkomma en tillförlitlig pluralitet vid Lantmarskalksvalet...90.000 dal.kmt. /---/ d. 23 oct. till riksrådet och greven Thure Bielke för att erhålla majoriteten i Borgarståndet...18.000 dal.kmt.* Kammarherre Theet däremot fick nöja sig med 7.000 daler kopparmynt, varemot mössgeneralen Düring och hans kompanjon överste Löwen kunde glädja sig åt 48.000 av samma mynt. Allt i fördolda men i högsta grad politiska avsikter. Därtill kom så baronerna Ehrencrona och Fuchs, general Stäel von Holstein – summa summarum 90.000 –, vidare överste Cronstierna och herr Sebaldt, sekreteraren i bondeståndet, som tillsammans med talmannen i samma stånd mottog cirkum 15.000 välklingande dalrar. M.fl., m.fl.. Till prästståndet som helhet – vars mammonsdyrkan och kärlek till de materiella håvorna var väl kända och tacksamt utnyttjade – gavs ca. 30.000 daler kmt.. Allt detta ger naturligtvis vid handen att korruptionspengarna i största utsträckning gick till köp av röster i de olika valen till alla de utskott och deputationer som konstituerades vid riksdagens början. Men även för att säkra en betryggande majoritet i de fyra stånden och vid de viktiga valen till riksdagens nyckelpersoner. Där förekom även rent och ohejdat spioneri! Hör bara: *d. 27 nov. till kammarherre Roland för att i vår tjänst anställa kronprinsens kammartjänare...3.000 daler /---/ Till en person i Sekreta utskottet som skaffat mig förseglade dokument...2.000 dal.kopp.mt..*

Stora summor som rann i en till synes outsinlig ström ner i de svenska riksdagsmännens fickor i form av månadsunderhåll, pensioner till välförtjänta(?) medborgare i rysk tjänst, kontanta betalningar för omsorgsfullt utförda missioner, högt arvoderat spioneri och angiveri osv., osv.. Skadeglatt kunde sedan von Korff skriva till den ryske storkanslern Bestuschew-Riumin: *Den svenske medborgaren är så i grunden fördärvad och i avsaknad av alla känslor för fosterlandet att han för pengar kan drivas till allt.*

Den 18 maj 1747 undertecknade rikskanslirådet och greven Carl Gustaf Tessin triumferande den hett eftertraktade Defensivalliansen mellan Sverige och det mäktiga kungariket Preussen. Värnet mot den ryska björnen i öster och dess ständigt hotande förryskningspolitik. Förutom de paragrafer som talade om ett gemensamt försvar vid den händelse att någon av de höga kontrakterande parterna anfölls av ett tredje land så omslöt traktaten även en för Sveriges vidkommande mycket väsentlig skrivning rörande den svenska tronföljden, kodifierad i *Article separé...: La Succession à la Couronne de la Suède...Hans majestät Konungen av Preussen utfäster sig att utan undantag och med alla till buds stående resurser (de toutes ses forces) försvara ovannämnda Successionsordning mot vem det vara må som attackerar densamma, och detta under vilken förevändning som helst...*

Inför den föregående omröstningen på Riddarhuset angående den nu antagna allianstraktaten sammanfattade riksrådet Wrede hattpartiets rådande ståndpunkt:

– Envar som på gatan anfalls av två andra ropar alltid till sig en tredje för att få hjälp. Så gör i just detta utsatta läge vårt fosterland Sverige, som hotat av både Ryssland och Danmark nu söker Preussens understöd. Eller är det meningen att vi ständigt ska bli tvungna att som slavar säga till ryssen: tala Herre! ty din tjänare hör. Kära bröder, låt oss hellre redligen kämpa och dö, på det att vår ära icke må komma på skam!

Sufflerad av den nitälskande hatten Palmstierna:

– Den som icke genast, och det helst utan omröstning, antager det Preussiska förbundet är en fiende till rikets kronprins, vår högt älskade och ärade Adolf Fredrik.

Med traktaten i ryggen – något senare i maj förstärkt av en fransk och mycket generös subsidiekonvention – och med de krystade stämplingarna mot tronföljden som ypperligt vapen kunde nu greve Tessin i spetsen för hattpartiet koncentrera alla sina krafter på den högviktiga uppgiften att äntligen och slutgiltigt krossa det för var dag alltmer sönderfallande mösspartiet. Förgäves anropade mössorna i en böneskrift överlämnad i S:t Petersburg den ryska kejsarinnan om hjälp och beskydd i den nu så ödesdigra och livshotande situationen: *Hilfe, allergnädigste Frau...hjälp oss, Ers Kejserliga Majestät, att hejda det vidriga motpartiets obarmhärtiga förföljelser som hotar oss med total och oåterkallelig Undergång!*

Men där fanns nog av problem även för hattpartiet. Processerna mot köpmännen Hedman och Springer för majestätsbrott och illfult ränkspel mot den svenska tronföljden hade i stor utsträckning gått i stå. Några handfasta bevis för brott mot den svenska successionen, vilket ju för hattarnas listigt uttänkta strategi var av den allra största vikt, hade till dags dato inte kunnat upptäckas. Vad greven och rikskanslirådet Tessin mest av allt önskade sig, ja, för sin politiska överlevnads skull var i trängande behov av, var just en noggrant utstuderad plan, helst av allt en regelrätt och vittomfattande konspiration mot den svenska tronföljden och det av folket högt älskade kronprinsparet. Med en sådan plan upptecknad svart på vitt, "bevisligen" fabricerad vid någon av mösspartiets hemliga konklaver, kunde Tessin och hans gelikar i hattpartiet utan problem piska upp hatstämningen inom den breda allmänheten och leda dess vrede mot de landsförrädiska mössorna. Just så skulle hattarnas maktposition säkras för en lång tid framåt, samtidigt som gångna oförrätter och skandalösa misstag, enkannerligen den finska fadäsen, på ett betryggande sätt skulle kunna sopas under den redan väl så kuperade mattan. Men för att uppnå denna goda cigarr var man tvungen att rucka både på sanning och rättsprinciper. Offer krävdes, det var man nogsamt medveten om. Exempel, om än blodiga, måste statueras!

12

– **MIN** KÄRE BLACKWELL, det skulle fägna mig mycket om ni ville betrakta mig som er vän även under dessa trista och tragiska omständigheter. Ni förstår nog att jag som kanslirättens ordförande är tvingad att fullgöra min plikt mot riket. Eden som riksråd förbinder mig par conséquence till stor trofasthet gentemot fosterlandet. Ni är ju en klok och erfaren man, Blackwell, så allt det där inser ni nog säkert. Men jag vill också att ni ska veta att om där kan finnas någonting i denna rannsakning som på minsta vis talar till er fördel, så lovar jag på min heder och på mitt goda namns rykte att jag på alla upptänkliga sätt ska utnyttja detta förhållande till att försöka rentvå er från all skuld. Om nu inte detta skulle vara möjligt så har jag ju redan tidigare gett er mitt ord på att med all kraft arbeta på en lindring i straffboten.

Greve Tessin, i full riksrådstalar med nordstjärneordens kraschan glittrande på bröstet och med en nypudrad serafimerperuk på skulten, satt vid det brunglänsande mahognybordet i förrummet till kanslipresidentens ämbetsrum på Riddarholmen. Mittemot greven hade Blackwell placerats. Nyss upphämtad från arresten i corps de garde och även han i full ornat. Dvs., i hans fall, i fullt fängsel. Alltifrån de grova handjärnen vilka med en bastant kedja var förenade med vristernas massiva stångkoppel.

– Ni kan vara viss om, Blackwell, att det som sägs i det här rummet, mellan fyra ögon så att säga, icke på något vis kommer att anföras mot er i den fortsatta rannsakningen.

Det rasslade till i kättingen då Blackwell ändrade ställning på stolen.

– Med förlov sagt, herr Tessin, hur ska jag rimligtvis kunna föra ett förtroendefullt samtal med er kedjad som den värste straffånge?

Greven tillkallade den utanför rummet posterade gardesvakten som med ett raskt handgrepp befriade Blackwell från kedja och boja.

– Nå, då så! Låt oss tala något om de 100.000 punden som ni erbjöd hans majestät konungen vid ert samtal med honom härförleden. I ärlighetens namn, Blackwell, vad var det egentliga syftet med denna så kallade gåva?

– Som ni redan vet, herr Tessin, och efter vad som ordagrant stod i brevet, så var det helt simpelt en gåva med tanke på vänskapen nationerna emellan.

– Med handen på hjärtat, Blackwell, nog fanns väl där en plan bakom? Jag menar, en så pass stor penningsumma för att befordra en vänskap som ju trots allt redan existerade. Låt vara bräcklig, men ändock obruten.

Blackwell hesiterade ett kort ögonblick innan han svarade.

– Vad gäller själva penningsumman så tror jag att det kan röra sig om en nyårsgåva som drottningen av Danmark fick av sin fader kung Georg i England.

Tessin förvånat:

– Hur kan ni tro det?

– Därför att i slutet av december, eller möjligen i början på januari, fick jag ett brev från mister Titley där nyårsgåvan till drottningen berördes.

– Hur besvarade ni det brevet?

– Jag kan nu inte så noga minnas. Men jag tror att jag skrev någonting om att jag var mycket glad över att drottningen hade fått denna gåva, men också att jag önskade att det hade varit millions i stället.

– Finns brevet fortfarande kvar?

– Tyvärr inte, herr Tessin. Då jag i början på mars fick budet från manufakturkontoret att resa upp till Stockholm i

och för en redogörelse över mina göranden och låtanden
på bl.a. Ollestad hade jag 4 à 5 av Titleys brev på bordet
vilka jag, i ren panik får jag nog lov att tillstå, helt sonika
kastade på elden. Däribland detta.

– Men det ordades ingenting närmare om penninggåvans
egentliga destination?

– Ska jag nu vara fullt uppriktig, herr excellens, så skrev
mister Titley i nämnda brev även något om drottningens
goda engelska hjärta som förmått henne att låta dessa
pengar gå till det engelska partiet i Sverige, dvs. mösspar-
tiet, för att av dem användas till att kullkasta det franska
partiet.

– Och vad svarade ni härpå?

– Nå, ingenting alls. Jag kunde ju inte vara säker på om
herr Titley menade allvar med sina ord eller om han skrivit
detta enbart för ro skull, i ren spekulation så att säga.

Greven såg förundrad på Blackwell.

– Mycket märkligt får jag säga! Vad menas då med det
fransyska partiet?

– Jag kan inte tänka mig annat än att mister Titley därmed
avsåg hattpartiet eller les chapeaux som de fransksinnade
behagar uttrycka sig.

– Och vad kan herr Titley ha tänkt på då han skrev om
att ruinera eller kullkasta det franska partiet?

– Vad jag förstår så skulle man helt enkelt se till att partiet
fick ett mindre antal röster vid de olika riksdagsvalen än
vad mössorna förhoppningsvis förväntades åstadkomma.

– Och hur exakt skulle det gå till?

Blackwell runkade på axlarna.

– Därom stod det inget närmare i brevet.

– Inget om den svenska successionen?

– Inte ett ord, herr excellens.

– Varför har ni inte sagt något om detta tidigare?

– Quite simply, your excellency, därför att jag var rädd för
att saken skulle missförstås och vändas till min nackdel.

Man skulle ju ha kunnat misstänka mig för att jag otillbörligen hade blandat mig i den inhemska partipolitiken. Men då är väl att märka att jag inte på något sätt besvarade mister Titleys spekulativa propåer. Jag kan väl knappast belastas för vad en för mig endast flyktigt bekant person skriver i sina brev? Eller ställas till ansvar för vilka åsikter den personen, eller vilken som helst annan, hyser i skilda ämnen?

– Men hur ska då detta kunna förenas med ert tal om vänskapen med Danmark som pengagåvans primära syfte?

– Ni får inte glömma, herr Tessin, att det rör sig om två skilda brev. I det oundertecknade brevet, med mars som datumstämpel – vilket ju gavs till mig av en okänd karl, som ni vet – var de 100.000 punden erbjudna enkom för vänskapens bibehållande nationerna emellan. Glöm heller inte att det var just det brevet, och dess erbjudande, som jag, vilket jag nu så här i efterhand förstår, i naiv troskyldighet framförde till konungen och herr Broman. Däremot, i brevet från mister Titley som vi nu talat om, omrördes uttryckligen drottningens önskan att kullkasta det franska partiet.

Greven rynkade ögonbrynen i tydligt bryderi.

– Men då måste där ju rimligtvis finnas ett samband mellan de två breven eftersom summan 100.000 pund nämndes i bägge? Kan ni då verkligen inte känna igen handstilen i det anonyma brevet? Var det, par exemple, samma hand?

– Som jag tidigare har sagt kan det mycket väl ha varit mister Titleys handstil, eller för den delen hans sekreterares. Men jag kan på intet sätt svära på att så är fallet. Karl'n påstod visserligen att brevet härrörde från en förnäm och högt uppsatt herre. Men vem nu det kan vara vet jag absolut icke.

Hans excellens reste på sig och gjorde min av att tillkalla gardesvakten.

– Herr Blackwell, vi får väl anse samtalet vara över för den här gången. Men kom ihåg! Håll er till mig och allt ska lända er till det bästa.

Med tårdränkta ögon knäböjde Blackwell framför greven och grep tag i hans hermelinsbrämade rådstalar.

– Herr Tessin, jag inser nu fuller väl att ni alltid har behandlat mig som en far, och jag hoppas vid Gud att er rättrådighet och vidsyn kan förmå kanslirätten att iaktta stor mildhet då man snart går till doms i mitt fall. Törs jag dessutom utbe mig som en särskild ynnest från er sida, herr excellens, att ni avråder rätten från att återigen stänga in mig i denna gudsförgätna Tjuvkällare?

Tessin strök med handen över Blackwells kala hjässa.

– Såja, Blackwell, res er upp nu. Ni har mitt ord på den saken. Jag är övertygad om att allt i slutändan kommer att ordnas till allas vår belåtenhet.

13

1747 d. 14 APRILL

Tisdagen förmiddagen.
Närvarande uti den för-
ordnade Kongl. Kanslirätten:

Hans Excellence hr. Riksrådet Greve Tessin.
Hr. Hovkanslern von Nolcken.
Hr. Statssekreteraren Boneauschöld.
Herrar Cancellieråd: Klinckowström, Skutenhielm,
Gyllencrona, Baron Sack, Carleson och Flemming.
Herrar Revisionssekreterare: Iserhielm, Lagerfeldt.

KANSLIRÄTTEN SATT IN PLENO för att återigen diskutera
doktor Blackwells nedförande i Tjuvkällaren, nu för tredje
gången. Meningarna gick starkt isär. Gyllencrona avböjde
som väntat med stort eftertryck. En åsikt som han för
övrigt delade med statssekreteraren Boneauschöld och
herrarna Iserhielm och Skutenhielm.

– Att nu än en gång, framhöll herr revisionssekreteraren
Iserhielm vältaligt, låta nedföra Blackwell i Tjuvkällaren
måste tveklöst anses som en handling i syfte att pina och
plåga honom till att bekänna sanningen. Enligt den tolkning
som jag och många lagkunniga med mig gör angående
Rättegångsbalkens 17 kapitel och dess 37§, så är sådant
alldeles och bestämt förbjudet. Vilket ytterligare förstärks
av Förordningen för Kongl. Amiralitetsrätten, vars 22 §
lyder: "ingen bör pinas och plågas till någon bekännelse,
eftersom en sådan bekännelse måste betraktas som obruk-

bar, samt i sig oviss och i bestämd mening skadlig". Till yttermera visso emfaserat i det Kongl. brevet till Dorpats hovrätt av den 22 december 1686. Och hur...utropade Iserhielm med stort patos...hur i herrans namn ska vi kunna utvärdera den s.k. bekännelse som Blackwell till äventyrs skulle servera oss efter ytterligare en tids vistande i Tjuvkällaren? Vi vet ju alla att Blackwell för inte så länge sedan satt här i förhörsstolen framför oss och med ögonen fulla av tårar blickade upp mot himlen och besvor oss att hellre låta honom lida döden än att en andra gång nedsläpas till detta fasans fångrum. Nej, mina herrar, vad skulle inte han kunna pådikta sig enbart för att undslippa denna Tjuvkällare? Då vi dessutom av slottsfogden blivit upplysta om att han inte längre kan svara för Blackwells liv om han återigen skulle tvingas till detta fängelse, bl.a. då med tanke på herr doktorns svaga lemmar och allmänt klena konstitution, så kan då jag för min del inte ta på mitt samvete att fatta ett sådant grymt och i grunden olagligt beslut. Blackwell har dessutom på sin själs salighet bedyrat att han inte mer har att berätta än vad han redan har sagt. Låt oss nöja oss med det. Vi har redan tillräckligt på honom för att kunna döma till ett strängt och kännbart straff.

Detta anförande och ställningstagande i saken bejakades alltså även av statssekreteraren Boneauschöld och kanslirådet Skutenhielm. Dessutom, som sagt, av Gyllencrona.

Herr Skutenhielm yttrade sig därutöver:

– Jag måste också få tillägga, herr ordförande, att jag inte är alldeles och glasklart övertygad om att det verkligen var mister Blackwell som i samtalen med hans majestät konungen och därefter med president Broman var den som först nämnde de fatala orden succession och suveränitet. Det kan mycket väl ha varit så att orden i sig, om de nu överhuvudtaget uttalades, ingick i de frågor som hans kungliga majestät och herr Broman under samtalets gång ställde till Blackwell. I så fall har vi att göra med ett rent

missförstånd, vilket jag absolut inte håller för otroligt. Att
sedan nämnde herre utan tvekan kan, och bör, betraktas
som kriminell ser jag som en självklarhet. Bl.a. beroende på
hans minst sagt vidlyftiga utrikeskorrespondens och på det
faktum att han blandat sig i saker av straffvärdig natur,
exempelvis den skotska affären.

Den blide herr von Nolcken höll före att den stackars
doktorn denna gång borde få undslippa svårt fängelse.

– Till vad nytta kan det båta?

...frågade han rättens ledamöter, och framhöll med stor
bestämdhet att ett sådant beslut vore att betrakta såsom *en
art av pina*. Däremot motsatte han sig alls icke att man ändå
kunde tillåta sig att skrämma honom en smula, dvs. *låta
införa honom i den så kallade Tjuvkällaren på en halvtima eller så.*
Det kunde kanske göra susen och rent av få Blackwell att
av pur skräck ändå bekänna.

Greve Tessin hade blivit allt otåligare under herr von
Nolckens något långrandiga anförande.

– Jag kan inte, svarade han med viss hetta, anse det för en
onyttig eller indifferent sak att av Blackwells fullständiga
och förhoppningsvis uttömmande bekännelse få veta hur
den plan ser ut vars syften utan tvekan är att trasa sönder
den svenska successionsordningen och på Sveriges urgamla
tron insätta främmande potentater. Ni kan vara fullt över-
tygade om, ärade ledamöter av kanslirätten, att bakom
erbjudandet av de 100.000 punden döljer sig en djävulsk
anläggning mot rikets succession och självständighet. Otve-
tydiga bevis har allaredan bringats i dagen. Jag tänker då i
första hand på hans majestät konungens och president
Bromans edliga intyg. Dessutom, mina herrar, kan jag
berätta för er att vid ett privat samtal mellan Blackwell och
mig för någon dag sedan framkom det med all önskvärd
tydlighet att den nu erbjudna penningsumman var ämnad
att utnyttjas i helt andra syften än att enbart befordra vän-
skapen mellan Sverige och Danmark. Blackwell påstod att

ändamålet med pengarna var att, som han uttryckte saken, "kullkasta" det franska partiet. Det vill då naturligtvis även säga den nuvarande regeringen. Detta meddelades enligt Blackwell i ett brev från den engelske ministern Titley, troligen skrivit i början på januari månad eller däromkring. Dessa nya och för doktor Blackwell personligen utomordentligt försvårande uppgifter i frågan befäster än starkare misstankarna mot honom om spioneri och stämpling för främmande makt. Noteras bör emellertid att inte ett ord om det franska partiet nämndes i samtalen med hans majestät och med herr Broman. Sant eller ej – inom parentes sagt, mina vänner, med Blackwell vet man ju aldrig så noga – så utgör ändå den nykomna informationen en god indikation på att där finns i allt detta något underliggande, något betydligt större och mer vittomfattande än vad som hittills uppdagats, och som är av den stygga karaktären att det måste döljas bakom täta dimridåer och bakom vilseledande tal om vänskap och fred nationer och grannar emellan. Taktiska manövrer, ärade ledamöter, för att på ett finurligt sätt draga kanslirätten vid näsan. Ni kan också av denna aktuella "bekännelse", om jag så får säga, lägga märke till att Blackwell under hot om hårdare fängelse peu à peu närmar sig, åtminstone så som jag ser saken, sanningens kärna. Det är en hårdfjällad herre, glöm för all del inte det! En skälm och en inpiskad lögnare, vars tunga endast kan lossas på klippväggen i Tjuvkällarens fånggrop. Mina herrar, jag påyrkar således med kraft ytterligare en resa till den s.k. Tjuvkällaren. Låt oss därefter se om inte vår gode doktor blivit betydligt medgörligare i sin halsstarrighet.

Kanslirådet Gyllencrona gick strax i svaromål. Upprörd över greve Tessins summariska och i hans tycke illa grundade anförande.

– Men snälla herr Tessin, menar ni då att vi ska pina livet ur den stackars Blackwell till dess att han ger oss den berättelse vi önskar? Alltså inte sanningen i sig, vilken i detta sammanhang tycks oväsentlig, utan den bild av verkligheten som bäst tillfredsställer våra syften. Vilka de nu kan vara. Förekomsten av en dold agenda har stundtals föresvävat mig. Men om det nu är på det viset så har denna kanslirätt redan förlorat mycket av sin oväld och rättsinnighet. Ni talar om bevis och hänvisar till de samtal som Blackwell förde med hans majestät och med president Broman. Jag har redan vid ett tidigare tillfälle avfärdat dessa samtal såsom varande privata, dvs. hållna mellan fyra ögon, liksom för övrigt ert samtal, herr greve, med Blackwell härförleden. Information från sådana samtal får väl närmast anses som hörsägen, eller åtminstone kräva ytterligare vittnen för att alls kunna beaktas. Lägg därtill, ärade herrar ledamöter, att vi numer vet att president Broman, innan han samtalade med doktor Blackwell på måndagseftermiddagen den 9 mars, hade varit på besök hos konungen och blivit upplyst om majestätets möte med Blackwell någon tid dessförinnan. Med detta i åtanke vill jag bestämt hävda att herr Broman ur lagens synpunkt är att betrakta som dubbelt jävig, då man ju på detta sätt med bred marginal har åsidosatt lagens föreskrifter i RB 17 och där i kapitlets 21§, sålunda lydande: "Vittnen böra särskilt höras, så att ingendera vet vad annan vittnar". President Broman kan, enligt min mening, överhuvudtaget inte anses vittnesgill. Tyvärr, får jag nog lov att tillstå, drabbas även majestätet av denna nya information. Allt detta gör naturligtvis samtalen i sig, men också alla de övriga turer som till dags dato har förekommit i hela denna märkliga affär, än mer betänkliga.

— Ni misstror således hans majestät konungen och ifrågasätter samtidigt på det skamligaste herr Bromans oförvitliga heder?, replikerade Tessin med skarp röst.

— Nåja, herr greve, Bromans oförvitliga heder må kanske vara osagt. Det finns nog många, även i denna begränsade församling, som med välgrundat fog skulle vilja opponera sig mot en sådan alltför "snäll" beskrivning av herr president Broman. Men att jag på något sätt skulle misskreditera hans majestät bestrider jag på det bestämdaste. Ni kan nog själv erinra er att konungens berättelse var något, om jag så får säga, oskarp i konturerna. Där fanns, och finns naturligtvis fortfarande, en uttalad otydlighet i konungens utsaga som inbjuder till stor osäkerhet i tolkningen. Berättelsen som sådan måste anses vara svårtolkad och till sin sanningshalt svårbedömd. Exempelvis, angående just tronföljden, anförde konungen följande: *varmed Blackwell tycktes mena den här redan etablerade Successionen, fastän han den icke så tydligt nämnde*. Något senare i relationen säger konungen följande: *Då nu hans Konglig Majestät inte längre ville lyssna till ett sådant obehagligt tal – vilket hans Majesät också för Blackwells otydliga uttals skull icke allt kunnat förstå...*, osv., osv. Jag tror nog att vem det vara månde skulle bli osäker inför den rätta uttydningen av en sådan, låt mig ändå få säga, diffus berättelse. N'est-ce pas, monsieur le comte? Man kan med rätta undra vad berättelsen **egentligen** förtäljer. Talade doktor Blackwell verkligen om successionen, eller, om herrarna ursäktar, inbillade sig endast hans majestät konungen detta? Och med tanke på Blackwells engelska brytning, hur mycket av samtalet förstod majestätet överhuvudtaget? Jag får nog tillstå att jag mer än gärna ansluter mig till kanslirådet Skutenhielms utomordentligt välformulerade yttrande tidigare idag. Med andra ord, vem har egentligen sagt vad? Kontentan av vad jag nu har förelagt kanslirätten, och vad jag även på föregående sammanträde har försökt göra mig till tolk för, är att motiven för att döma Blackwell till svårare fängelse, de s.k. bindande skälen och omständigheterna och i vissa fall även påstådda bevis, helt enkelt inte existerar. Allt är lösligt uppbyggt på förmodanden, rena gissningar och, bedrövligt nog får jag nog tillägga, höga önskemål. Politiska? Därom törs jag ej spörja, men ett vet jag: om Blackwell sedermera på sådana svaga rättsskäl ådöms en hög straffsats, kanske t.o.m. till livs, så har kanslirätten tagit vrång dom på sitt samvete. Jag är helt övertygad om, vilket jag även tidigare har sagt, att mister Blackwell utan större men för riket kan avspisas som den politiske skrävlare och pratmakare han i själva verket är. Vad sedan gäller den nu aktuella frågan så avråder jag alltså bestämt från att låta Blackwell ånyo införas i det svårare fängelset.

Tessin smålog syrligt.

– Jag måste nog säga att jag är högst förundrad över det lättvindiga, eller kanske hellre, det utstuderat ansvarslösa sätt som herr Gyllencrona fullgör sin plikt som ledamot i kungliga kanslirätten. Jag kan försäkra er att jag på intet vis önskar någon människas olycka. Tvärtom! Jag skulle därför allra helst ge mitt bifall till den lindrigare åsikten i just detta fall. Men, mina herrar, jag är tyvärr bunden genom en dyr ed till fosterlandet som bjuder mig till stor vaksamhet i allt som rör bl.a. rikets succession. Det må göra mig ont i hjärtat, men då lagen påbjuder svårare fängelse vid bindande skäl och omständigheter – och i den delen får herr kanslirådet tycka vad han gitter – då tvingas jag att till följe av min höga ämbetsplikt döma herr Blackwell till en förnyad visit i Tjuvkällaren. Jag kan dessutom upplysa kanslirätten om att det på intet sätt hör till ovanligheten att strafffångar inmanas i svårare fängelse både 3 och 4 gånger. Eller till dess att man lyckats med uppgiften att böja deras trilska nackar.

Senare på eftermiddagen justerades omröstningsprotokollet och gav strax vid handen att majoriteten av kanslirättens ledamöter önskade återföra Blackwell till Tjuvkällaren. Fyra av de vid omröstningen närvarande herrarna – Iserhielm, Skutenhielm, Boneauschöld och Gyllencrona – hade obetingat röstat emot återinsättandet av doktor Blackwell i det hårdare fängelset. Fem för: von Nolcken, Lagerfeldt, baron Sack, Tessin givetvis, och sist men därför inte minst, herr Klinckowström. Inom denna pluralitet på fem personer förekom emellertid ett brett spektrum av åsikter. Alltifrån von Nolcken som ju endast önskade *skrämma* Blackwell en smula genom att låta honom sitta i Tjuvkällaren *en halvtima eller så.* Till greve Tessin och kanslirådet Klinckowström som förväntade sig att Blackwell skulle "pinas och plågas" på klippväggen så länge som det behövdes, eller till dess att uppenbar fara för hans liv förelåg. Däremellan Lagerfeldt och Sack som talade om 1 à 2 timmar. Anledningen till att dessa disparata åsikter ändå tilläts bilda en sammanhängande majoritet berodde på den något egenartade metod som användes för att skilja de båda meningsriktningarna från varandra. Det vill säga, antingen var du helt emot att ännu en gång låta Blackwell insättas i svårare fängelse, vilket då självklart kom att utgöra ett av röstalternativen. Eller så var du för, och då ansågs det ointressant om det så bara gällde en halvtimma eller ända upp till några dagar. För Blackwells vidkommande däremot var nog tidsdistinktionen inte likgiltig utan tvärtom direkt avgörande. Det var stor skillnad mellan att hänga på den fuktiga och iskalla stenmuren i en halvtimma jämfört med säg 2 à 3 dagar. Nåväl, beräkningsmetoden i sig kallades i alla fall för "hopräkning av röster som närmast kommo tillsammans".

Det bör väl också tilläggas att de nyligen utnämnda ledamöterna Carleson och Flemming uteblev från omröstningen eftersom de ännu inte hade genomgått handlingarna i ärendet.

Vad hade då den sällan närvarande Bindstedt att anföra månne? Doktor Blackwells laga ombud, som det så vackert hette. Jo, följande:

– Jag har ej mer nu än de förra gångerna något att påminna eller att tillägga i denna sak. Således ansluter jag mig i fullt förtroende till kanslirättens oväldiga beslut.

En harang som avslutades med en djup och underdånig "hovnigning".

Stackars Blackwell blev naturligtvis förkrossad då han strax uppkommen till kanslirätten fick motta beskedet om att återigen tvingas utstå den vedervärdiga Tjuvkällarens outhärdliga marter. Hulkande i strida tåreströmmar föll han på knä framför domarbordet och bad så bevekande om nåd och barmhärtighet. Om att få undslippa denna fängelsehåla *som Lucifer och hans anhang hade skapat under någon av dess mest djävulska stunder.*

– Om jag än dör och ruttnar under jordens kalla mull...bedyrade han inför rättens måttligt roade ledamöter...så har jag ändå icke något mer att bekänna.

Men allt förgäves! Kanslirätten var i vanlig ordning obönhörlig. Den skymfliga resan till Tjuvkällaren skulle anträdas tout de suite.

Klockan 06.30 på onsdagsmorgonen nedfördes Blackwell följaktligen till Tjuvkällaren. Avkläddes naken och upphängdes mot klippväggen på så sätt att de porlande rännilarna med frostklart vatten banade sig väg nedför hans kala hjässa för att strax därpå avsluta den vådliga färden över den spensliga kroppen genom att stritt strömmande från den av kylan hopskrumpna lemmen störta sig ned mot det tillfrusna jordgolvet.

Slottsfogden hade erhållit skarpa order att låta aktor och protokollist få veta när Blackwell inte längre tycktes kunna härda ut. Vid en sådan händelse skulle bud genast utgå till salig Bergmans kaffehus vid Stora kyrkobrinken där nämnda herrar för tillfället dvaldes.

Klockan 10.00 klagade Blackwell på svårt illamående varvid den tjänsteförrättande fältskären snart konstaterade allvarlig andtäppa och synnerligen lam puls. Holmer uppsökte omedelbart greve Tessin för att efterhöra vad som nu borde göras och hur länge doktorn egentligen skulle hänga kvar där på bergväggen. Tessin blev inte svaret skyldig:

– Min bäste Holmer, så länge han överhuvudtaget kan tåla!

Vid middagstid befarades det att doktor Blackwells livslåga lyste med allt svagare sken, men först några timmar därefter, vid pass klockan tre, nedtogs han från klippväggen. Fältskären rapporterade då att Blackwell var helt kall utmed ryggbastet och att pulsen slog extremt svagt och oregelbundet. Då gardesvakten, efter att ha burit upp honom till fångcellen och lagt honom på britsen, frågade om han nu önskade bekänna, svarade Blackwell med hart när ohörbar stämma:

— Min själ har jag redan lagt i Herrens händer, och vad min köttsliga lekamen anbelangar så kan ni göra vad ni vill. Om jag så hade 14 kroppar som ni på detta sätt sönderslet, så har jag ändå inget mer att berätta.

14

Alexander hade förlorat sitt stora tvåhandssvärd då riddaren i den svarta rustningen hade svingat sin kolossala spikklubba och i ett enda hugg slagit det ur händerna på honom. Nu stod han där vapenlös och försökte, skrikande av smärta, att stoppa den blodiga holmgången. Han kände i hela sin utmattade kropp den svarte riddarens upprepade lansstötar mot bröstharnesket. Med skräcken tjutande i venerna erfor han hur rustningen tycktes spricka upp i sina fogar, hur plåt efter plåt bröts upp från sina nitband och sakta men säkert rasade utför hans alltmer blottställda kropp. Det sista som Alexander såg var den svarte riddarens bepansrade näve med stridshammaren höjd och huggspetsen redo för dråp...

– Herr Blackwell...Tollstadius lade sin ena hand på doktor Blackwells nakna, såriga skuldra och skakade honom varsamt.

– Mister Blackwell, vakna nu, ni är ju alldeles genomblöt av svett.

Blackwell slog plötsligt upp ögonen och betraktade pastorn med ett förfärat uttryck i ansiktet. Under det att han reste sig halvvägs upp ur bädden utbrast han:

– Oh, herr Tollstadius, om ni visste hur det gläder mig att äntligen få besök av er. Se på mig, herr pastor, se noga på mig...Snart tränger sig alla benen i min kropp ut genom hull och hud. Jag försäkrar er, jag förbannar sjufalt den dag på vilken jag föddes. Varför i himmelens namn kan då Gud inte låta mig få dö?

Pastorn såg ömt ner på Blackwells rådbråkade anlete.

– Min käre vän, stilla er. Minns psaltarens tröstande ord: *De som så med tårar skola skörda med jubel!*

– Nåja, herr pastor, för mig nalkas nog ingen skördetid. Jag är i det närmaste övertygad om att Gud i sin alltigenom stora likgiltighet har vänt sitt ansikte ifrån mig och som det verkar med ett visst välbehag övergivit mig. Till och med i mina drömmar förföljer han mig med sina stingande giftpilar som så olidligt förskräcker min själ och dränker mitt inre i ångest.

Tollstadius grep tag i Blackwells händer och såg honom med stadig blick in i ögonen.

– Min allrasom käraste vän, förtvivla icke! Gud prövar, men när han finner ert hjärta vara berett så kommer han till er, Blackwell, och det snart också. Tvivla icke, min vän! Han kommer då han ser att ditt hjärta är förkrossat och ditt sinne är förödmjukat.

–Var natt, herr pastor, var natt ropar jag om nåd och barmhärtighet och om Herrens bistånd i min outsägliga nöd. Men det enda som möter mig är kylig tystnad och därefter fortsatta plågor och anfäktelser. I all oändlighet...

– Besinna, Blackwell, Herrens ord i evangeliet: *Om någon vill efterfölja mig så försakar han sig själv och tager sitt kors på sig.* Sitt kors, Blackwell! Tig, lid, och överlåt er åt Gud, min vän.

Missmodig och tårögd sjönk Blackwell åter ner på britsens smutsiga halmbolster.

– I stoft och aska, herr Tollstadius, ligger jag här på min bädd och inväntar med förskräckelse vaktpostens barska uppmaning att än en gång träda in i Tjuvkällarens helveteshåla. Och i denna själsbrytande stund har ni djärvheten, min gode pastor, att påstå det Gud när som helst kan komma till min hjälp och att han endast, och det med stor otålighet, inväntar den rätta stunden för att genast kunna skänka mig sin nåd. En nåd, för övrigt, som jag hittills under alla mina år aldrig fått se ens en skymt av. Än mindre fått erfara dess balsamiskt lugnande sötma, vilket ju ändå utlovas i det sakrala löftet. Med förlov sagt, herr pastor, det syns mig lite väl magstarkt. Vad mig angår är Gud både döv och blind.

– Tålamod, min vän, tålamod! Om du just nu känner dig övergiven så vet att Frälsaren endast bidar sin tid. Han finns i ditt innersta, Blackwell! I all hemlighet bär och bistår han dig var dag och stund. Betänk att dagens ljus ännu är kvar fastän solen har gått ner. Kom också ihåg, käre vän, att du måste tro på den du inte kan se, och hoppas där inget hopp kan skönjas. *Saliga äro de*, säger Frälsaren, *som icke se och ändock tro.* Gör bot, Blackwell, och minns än en gång Kristi varningsord: *Den som förnekar mig inför människorna, honom skall ock jag förneka inför min Fader, som är i himmelen.*

15

Hans excellens greve Tessin öppnade dagens förhör med att läsa upp ett anonymt brev vilket inkommit till kanslirätten någon vecka tidigare. Brevet var adresserat till Tessin personligen och daterat den 26 mars. Så lydande:

Att Blackwell är i arrest, det vet min herre, och att alla hans papper är beslagtagna har han sig nog också bekant. Men att Blackwell gömt bort och röjt ur vägen de reellaste dokumenten vet inte många med mig. Han är en skälm och en förrädare, det är då visst och sant. Han har fört en hemlig korrespondens med den engelske ministern i Köpenhamn. I julhelgen reste Blackwell till Göteborg, och då förseglade han hela sin korrespondens uti ett paket. Några dagar efter det att han fått sina första order från manufakturkontoret att förfoga sig upp till Stockholm skickade han sin dräng från Göteborg till Ollestad, under falsk förevändning att skaffa piller, för att hämta just detta paket. Med skarp tillsägelse att om han tappade bort det, eller lät någon se det, så skulle han mista sitt liv. Med drängen följde då även kaptenlöjtnantsänkan Oppeström och pigan Stina. Till detta vill jag också säga att i närheten av Ollestad bor en löjtnant vid namn Loodh och en Fändrik som heter Reenstierna. Om dessa tillika med prästerna i församlingen, bland annat kyrkoherde Biberg, uppkallades till kanslirätten i Stockholm och förhördes enskilt så är jag övertygad om att de på sin Ed och salighet skulle kunna tillkännage en hel del rörande denne Blackwells sanna väsen och angående hans tankar och alla de göromål han med dem omtalat. Summan av allt detta är att mannen är farlig och

*bör noga aktas. Får han inte järnblack om foten så går han
sin väg, därför är det bäst att fängsla honom ordentligt. Råd-
ligt är också att lägga kvarstad på hela hans kvarstående
egendom och annat efterlämnat gods, ty det sägs att han allde-
les har ruinerat gården både till hus, åker och äng, därtill all
skog. Käre herre, eftersom detta är en angelägen sak, så han-
tera henne med yttersta försiktighet. Förlåt mig för att jag inte
undertecknar med mitt namn, men var övertygad om att jag är
en trogen och välmenande Sveriges Rikes undersåte, och dessu-
tom min Herres vän och underdånige tjänare.*

Tessin avslutade läsningen och lade ner brevarken på
rådsbordet.

– Tillåt mig först att fråga, min bäste Blackwell, om ni nu
efter tredje resan i Tjuvkällaren har kommit på bättre tan-
kar?

Blackwell svarade med ett tonfall som klart vittnade om
hans stora uppgivenhet och näst intill gränslösa trötthet:

– Herr greve, ni måste tro mig, jag har inget mer att be-
känna. Allt vad jag vet i denna sak har jag redan omtalat.

Tessin log hånfullt.

– Vid det här laget, Blackwell, förstår ni nog att jag på det
högsta tvivlar på er uppriktighet. Jag är övertygad om att
där finns betydligt mer att säga än vad ni hittills har förmått
er till. Men låt oss nu i första rummet ta det nyss upplästa
brevet i beaktande. Visserligen anonymt och bör kanske
därför avfärdas som rent skvaller, alternativt förtal. Må så
vara, brevet väger ju också lätt som indicium betraktat. Men
å andra sidan förekommer där vissa upplysningar som
ligger väl i linje med det som rannsakningen till dags dato
har uppdagat. Exempelvis korrespondensen med mister
Titley. Alltså, doktor Blackwell, skickade ni verkligen
drängen till Ollestad sistlidna julhelg för att hämta ett paket
innehållande hela er omfångsrika brevväxling?

– När jag nu tänker närmare på saken, herr Tessin, så stämmer det faktiskt. Men något paket var det inte frågan om. Snarare, om jag nu minns rätt, ett, möjligen två, brev. Dessutom måste jag nog säga att talet om min voluminösa korrespondens är betydligt överdriven. Ja, i själva verket är mina brev fåtaliga och sporadiskt tillkomna, och i huvudsak ägnade min profession som lanthushållare.

– Vad hette drängen?

– Johan Westerberg heter han. För övrigt en opålitlig odåga.

– Och Stina, vem var det?

– Min lagårdspiga.

Greven mönstrade Blackwell fundersamt.

– Två brev sa ni? Från vem? Eller var det kanske två skilda avsändare?

– Vad jag nu så här på stunden kan erinra mig så var det nog närmast frågan om ett brev och en varuräkning, möjligen en revers. Brevet var det som jag tidigare har talat med er om, herr Tessin, i förtroende och mellan fyra ögon som det var sagt. Men jag har fått mig berättat att den information som jag vid det tillfället lämnade er också har kommit övriga ledamöter av kanslirätten till del. Trots löfte om motsatsen. Nåväl, det brev som jag syftar på är det som jag fick från mister Titley i början på januari, och vari han omtalade nyårsgåvan på 100.000 pund till den danska drottningen. En gåva som skänktes av fadern kung Georg av England, vilket ni väl redan känner till.

Greven bligade på Blackwell under vredestunga ögonlock.

– För det första, Blackwell, det tillkommer inte er att sitta till doms över mitt sätt att leda kanslirättens förhandlingar. Som ni vet är jag underkastad min plikt som ämbetsman i rikets tjänst och obligerad att blint underordna mig min dyra ed till fosterlandet. De eventuella upplysningar som jag därför i min befattning som ordförande i denna kanslirätt kan få del av är jag således förpliktigad att, om jag nu anser dem vara av väsentlig vikt för rannsakningens fortgång, delge kanslirätten i sin helhet. Mitt samvete på den punkten är fortsatt rent och oanfäktat. Men låt oss nu för allt i världen fortsätta. Hur kan det komma sig att detta brev som ni nu har talat om har undgått upptäckt? Gården har ju ändå under en längre tid genomsökts efter just undangömda dokument av olika slag.

Blackwell slog ut med armarna.

– Man har väl helt enkelt inte varit nog ihärdig i sitt sökande. Jag kan väl också erkänna att brevet låg omsorgsfullt gömt bakom träfodret till ett av fönstren i storstugan. Så här i efterhand tycks det onekligen ha varit ett väl valt gömställe.

– Kan så vara, Blackwell. Ni har emellertid tidigare erkänt att Titley i detta brev skrev att pengarna skulle användas till att kullkasta det franska partiet genom röstköp av olika slag. Jag förutsätter att ni fortfarande vidgår detta?

– Ja visst, herr excellens, men då måste jag också få påminna om att jag ingenting svarade därpå.

– Av vilken anledning gömde ni då brevet så noga? Ni måste väl ändå ha ansett att brevet var av utomordentligt stor vikt då ni till och med gick så långt att ni hotade drängen Westerberg till livet om han inte lyckades leverera detsamma till er. Uppriktigt sagt, mister Blackwell, där har nog stått betydligt mer i detta brev än vad ni hittilldags har uppgett för oss.

– Absolut inte, herr Tessin. Jag ansåg helt enkelt att brevet i orätta händer skulle kunna misstolkas och till följd därav missbrukas. Hotet mot Westerberg var naturligtvis inte allvarligt menat. Det är väl närmast sån't som man rent slentrianmässigt säger ibland för att få saker och ting gjorda på ett riktigt sätt.

Tessin skärpte tonen och betraktade därvid uppmärksamt Blackwells minspel.

– Var det inte i själva verket så, Blackwell, att just detta brev innehöll de instruktioner som ni hade att rätta er efter för att noggrant och minutiöst förbereda omstörtandet av den svenska successionen och därefter överlåta makten och suveräniteten i riket till utländska herrar? N'est-ce pas, monsieur le docteur?

Blackwell formligen hukade sig inför den verbala dolkstöten som fastän väntad fick det att knyta sig av ångest i magen på honom.

– No, Sir, a thousand times no! Där stod inte ett ord om vare sig succession eller suveränitet. Än mindre innehöll brevet några som helst instruktioner vilka skulle ha till syfte att skjuta den svenska tronföljden i sank. Åh nej, herr greve, nyårsgåvan till den danska drottningen plus omnämnandet att drottningen önskade använda pengarna till att kullkasta det franska partiet var brevets hela och oreserverade innehåll. Hur många gånger måste jag upprepa detta för att då äntligen bli trodd?

Tessin snörpte föraktfullt på munnen.

– Så många gånger som det kan behövas, min käre doktor. Ända till dess att jag kan lita på att ni talar sanning. Som det nu är känner jag mig övertygad om att ni helt simpelt ljuger. Jag varnar er, Blackwell, ta er i akt! Er hårdnackenhet kommer att föra er till ett svårare fängelse än till och med Tjuvkällaren. Var så säker! Om ni vägrar att delge kanslirätten all den information som ni utan tvekan besitter om den bakomliggande planen, så blir Rosenkammaren på Smedjegården er nästa vistelseort. Då kommer ni också att befinna er endast ett tuppfjät från det rena helvetet. Därför, Blackwell, men's tid är, tänk er noga för!

– Vad vill ni då att jag ska säga, herr greve? Ska jag tillstå att min högsta önskan är att förgifta kronprinsparet och att därefter sätta mig själv på tronen? Det måste väl ändå, efter vad jag nu förstår, vara en upplysning som ni utan tvekan skulle kunna tro på. Ju mer verklighetsfrämmande skvaller och ju fler fantastiska rykten som sprids om min person, ju sannolikare, tycks vara den devis utifrån vilken kanslirätten arbetar.

– Men vägrar ni då, människa, att på minsta vis samarbeta med kanslirätten och anföra något som skulle kunna avvärja hotet om Rosenkammaren?

– Vad kan jag väl annat göra då sanningen ständigt misstros och mina ord räknas för intet?

Blackwell såg på greven med en blick bräddfull av misströstan.

– Jag känner inte till någon som helst konspiration mot den svenska successionen, eller överhuvudtaget om någon annan plan som syftar till att med våld omstörta det svenska riket och kränka dess hävdvunna självständighet. Så vad kan jag då säga om jag nu inte är beredd att låta lögnen bereda mig frihet från ytterligare tortyr? Jag kan bara be den ärade kanslirätten om barmhärtighet eftersom jag numer inte har ett enda ben kvar i kroppen som inte redan är fördärvat.

Blackwell avträdde under gardesvaktens tillsyn.

Strax efter doktor Blackwells bortförande diskuterade kanslirättens tio närvarande ledamöter – Gyllencrona var för dagen stadd på resa – huruvida doktorn återigen skulle underkastas svårare fängelse, i så fall Rosenkammaren denna gång, eller om man borde avvakta och låta honom tillbringa ytterligare några nätter i den betydligt behagligare högvaktsarresten. De barrikader som rests och de åsikter som ventilerats vid den förra diskussionen i samma ärende, men då rörande Tjuvkällaren, visade sig även denna gång hålla streck. Herr von Nolcken, kraftfullt sufflerad av Iserhielm och statssekreterare Boneauschöld, yttrade sig därvidlag:

– Jag måste i denna stund än mer avstyrka användandet av svårare fängelse eftersom det nu, och då för fjärde gången, utan tvekan är att betrakta som en betydligt grövre art av pina än tillförne, och därför uttryckligen enligt lag förbjudet.

Den därpå följande voteringen försatte kanslirätten i stort bryderi då resultatet pekade på "oavgjort": 5 ledamöter för Rosenkammaren, 5 mot. Räddningen, eller hur man nu vill se på saken, stod att finna i Rättegångsbalkens 23 kapitel, 3§, vars text löd: "Där rösterna på vardera sidan lika många äro, gäller den som den främste i Rätten bifallit". Till Blackwells stora nackdel så var det just greven och riks-kanslirådet Tessin som var den förnämste eller främste bland kanslirättens ledamöter. Det vill alltså säga, för Blackwells vidkommande – och detta trots grevens lismande löfte i sitt privata samtal med doktorn att gå mänskligt och varligt till väga – Rosenkammaren nästa! Tessin yttrade sig inför rätten:

– Märk väl, mina herrar, här återstår ännu att frampressa bekännelsen rörande den djävulska planen till succession-ens omstörtande. Jag är därför av den åsikten att vi måste förfara med all den stränghet som lagen tillåter, och i viss mening direkt påbjuder, för att då äntligen böja nacken på Blackwell. Med andra ord, jag anbefaller på det starkaste att Blackwell bör insättas i den s.k. Rosenkammaren.

Då Blackwell erhöll kanslirättens beslut om Rosenkam-maren brast han i tårar.

– For the love of God, dear gentlemen, jag ser hellre att ni dödar mig än att ni låter mig än en gång pinas i en sådan satans plågokammare. Om jag vet mer än vad jag allaredan har sagt, så låt mig då levande fara till helvetet. Men jag svär on the holy bible, sweet gentlemen, att jag inte på något sätt har medverkat i eller känt till någon plan med det uttalade målet att störta det svenska rikets omhuldade och grund-lagsomgärdade successionsordning. Jag vet helt simpelt ingenting mer än vad jag redan har omtalat!

Blackwell föll ner på knä med knäppta händer och med den tårade blicken så bevekande fästad på kanslirättens ordförande:

– Barmhärtighet, jag ber, nåd och barmhärtighet...

Vid pass klockan halv tre på eftermiddagen transporterades Blackwell i black och boja till Smedjegården varefter han strax infördes uti Rosenkammaren. Avkläddes naken till midjan och upphängdes därefter på köttkroken i valvets tak med mage och bröst pressade mot den iskalla stenmuren och med benen upp till lårhöjd nersänkta i bitande kallt källvatten. Vad som sedan utspelade sig i den unkna fängelsehålan har redan omtalats i en tidigare relation. Vi vet också att endast cirka tre timmar senare, omkring kl. halv sex, hade Blackwell fallit i djup dvala, ett i det närmaste komatöst tillstånd. Fältskären Schützer konstaterade i sin rapport: grav nedkylning, tät och synnerligen rigid andhämtning, därtill lam och oregelbunden puls. Vilket i slottsfogden Holmers språkbruk uttrycktes med orden: *det var mäst gjort med mister Blackwell!* Kort därpå släpades doktorn mellan två kraftiga gardessoldater upp till fångcellen våningen ovanför själva Rosenkammaren.

Det efterföljande förhöret dagen därpå blev nog så rumphugget. Blackwell bars högljutt gråtande in i rådssalen och nedsattes varsamt men bestämt i förhörsstolen. På Tessins fråga huruvida han nu ansåg sig mogen till en ren och uppriktig bekännelse, svarade han förtvivlat:

– När jag nu vet att jag snart kommer att dö, varför i himmelens namn skulle jag då ljuga? Om ni inte tror på mig varför då inte fråga herr Titley, eller för den delen mister Guy Dickens? Jag har tusende gånger sagt att jag inget mer vet att förtälja. Varför, in God's name, kan ni inte tro mig på mina ord? Diktera då för mig, ärade herrar ledamöter, ord för ord den bekännelse ni vill att jag ska avge, och jag lovar och svär att muntligen och ordagrant återge den inför sittande kanslirätt. Låt dessutom protokollisten uppteckna densamma och jag ska villigt och utan det minsta motstånd underteckna med mitt eget namn. Bara jag slipper att än en gång insättas i dessa djävulska fängelsehålor.

Blackwell tystnade med tårarna strömmande nedför de infallna kinderna. Tessin stirrade häpet på honom.

– Gud nåde mig för er, doktor Blackwell, vad ska vi då göra med er?

Rozir, som klart insåg risken för att Blackwell härefter skulle komma att dikta på sig än det ena och än det andra, insköt hastigt:

– Herr excellens, jag tror att ytterligare förhör i nuvarande skede är meningslösa. Jag anser mig dessutom ha fått nog med både skäl och bevis för mina gjorda påståenden, varför rannsakningen nu bör termineras och tid för slutplädering och straffyrkande bestämmas.

Greven bugade sig stelt.

– Nåväl, herr aktor, låt oss då äntligen skrida till domslut.

16

MÅNDAGEN FÖRE MEDDAGEN, *uti stora RådsCammaren.*
[1747 d. 11 maji]

– Så kan vi då äntligen, mina herrar, efter alla dessa vedermödor, skönja slutet på detta flagranta och grovt otillständiga brottmål. En myckenhet av bevis och vittnesutsagor pekar entydigt på, vilket jag alltfort hävdar, att här har förefunnits en elakartad och noggrant detaljerad plan som åsyftat att allvarligt störa rikets ro och att omintetgöra dess säkerhet och dyrt hållna frihet.

Rozir slog upp liggaren med det digra förhörsprotokollet som låg framför honom på aktorspulpeten.

– Om herrarna tillåter så har jag tagit mig den friheten att indela mitt slutyrkande i fyra distinkta punkter. Alltså, för det första: att Blackwell inlett och vidmakthållit en utrikes och högst olovlig brevväxling med utländska män och sändebud råder det väl ingen som helst tvekan om. Till yttermera visso är det nogsamt belagt att han däri har spridit upplysningar om svenska förhållanden av ytterst sekret natur och dessutom inblandat sig uti saker vars egentliga syften vi ännu svävar i ovisshet om, men som ändock förefaller att ingå i en mer vittomfattande planläggning av riksomstörtande karaktär. För att nu också orda något om det mystiska brevet som Blackwell mottog under en promenad i staden och som enligt honom var oundertecknat, så tror jag nog att det utan större men för rannsakningens fortgång kan avfärdas som en ren och skär lögn. En av doktorns många, bör väl tilläggas.

Rozir tog blicken från liggaren och såg med bister min mot rådsbordet.

– Vid denna inledande punkt tror jag nog att vi alla kan förenas. Blackwell själv har ju också vidgått delar av denna korrespondens. Nåväl, pro secundo, det nav kring vilket hela denna hiskliga brottmålsprocess bryter sig: jag påstår med avgjord bestämdhet att det står utom allt tvivel att mister Blackwell verkligen talat om önskvärda förändringar i den svenska successionen i sina samtal med såväl hans majestät konungen som med herr president Broman. Samtidigt som han dessutom frambar proposition till hans majestät om ett återinförande av enväldet eller den s.k. suveräniteten. Därom, mina herrar, hesiterar jag inte ett ögonblick! Jag törs därutöver hävda, och även det på mycket goda grunder, att den plan som Blackwell otvivelaktigt hyser, eller är djupt involverad uti, just har till syfte att omintetgöra successionen och jaga kronprinsparet ut ur landet. Och därefter låta någon utländsk potentat intaga den svenska tronen. Sanna mina ord, ärade ledamöter, här finns inget rum för tvivel. Till detta arglistiga ändamål skulle med stor sannolikhet de 100.000 punden användas. Så kommer vi då till punkt tertio...

Rozir gjorde en kort paus och granskade med fundersam min dokumenten som han höll i sin hand. Strax därpå hov han åter upp sin skarpa stämma:

– Som sagt, pro tertio: de 100.000 punden, vilka jag även kort berörde i föregående punkt, var alltså ämnade till att förleda hans majestät konungen till att ingå i den sataniska plan som jag redan tidigare berättat om. Att pengarna i sin tur skulle tillhandahållas av ett utländskt hov, och då troligtvis det danska, förstår nog var och en. Inom ramen för sin livliga korrespondens med bl.a. mister Titley erhöll Blackwell efterhand både instruktioner och order rörande nämnda plan och angående pengarnas användande. Jag vill här även fästa rättens uppmärksamhet på att ett av dessa brev från den engelske ministern Titley innehöll en förtäckt mening som ovedersägligen var av politisk art och sannolikt ingick som ett led i den infernaliska planläggning vars konturer nu börjar bli allt tydligare. Slutligen, för det fjärde: doktor Blackwell har på ett ytterst komprometterande och osedvanligt listigt sätt melerat sig uti den svenska inrikespolitiken och därvidlag olovligen och högst lagvidrigt inkräktat på riksens ständers angelägenheter. Han har även i det sammanhanget framfört oförsynta och i längden korruptionsfrämjande förslag rörande sättet att tillskansa sig röster vid innevarande riksdag, för att därigenom låta det parti som han ansåg vara det förnämsta vinna överhanden. Det ögonskenliga målet med detta intrigmakeri var att "kullkasta" eller krossa det s.k. fransyska partiet. Det vill alltså säga det hedervärda och nu maktägande partiet.

Aktor slog igen liggaren med rannsakningshandlingarna och bugade sig för rådsbordet.

– Ärade herrar ledamöter av kungliga kanslirätten, med stöd av föregående resonemang och till följe av noggranna efterforskningar i lagbok och kungliga förordningar yrkar jag för skotten Alexander Blackwells vidkommande på lagens strängaste straff. Med andra ord: förlust av liv, ära och gods.

Rozirs slutplädering föranledde ingen större debatt inom kanslirätten. Partipiskan, stadigt förankrad i den maktdryge Tessins händer, var apterad för rapp varför ingen av de närvarande ledamöterna, på ett undantag när, ansåg sig våga någon kraftigare kritik av aktors straffyrkande. Man var dessutom obehagligt medveten om att livsstraffet som sådant låg helt i linje med hattpartiets klart uttalade önskemål i ärendet. Där fanns ett liv efter Blackwell och herrarna var sorgfälligt underkunniga om partiets despotiska uppträdande gentemot avvikare och dissidenter. Den redlige von Nolcken gjorde sig dock till tolk för den mildare falangen inom kanslirätten och äskade, må vara i undfallande ordalag, en något lindrigare behandling av den stackars skotten.

– Herr ordförande, ehuru jag på intet vis hyser några tvivel om Blackwells grova brottslighet så undrar jag ändå om inte nåd kunde få gå före rätt i just detta fall. Där finns ju fortfarande många oklarheter. Allt, vill jag nog påstå, är ännu ej till fullo bevisat. Målet i sig utmärks i själva verket av misstankar, indicier endast, mer eller mindre välgrundade. I den andan ställer jag därför frågan om inte en längre tids vistelse på Marstrands fästning med tyåtföljande utvisning ur riket bör vara en mer tillpassad straffsanktion än det så slutgiltiga och grymma dödsstraffet?

Greven bevärdigade hovkanslern en blick fylld av nedlåtande ringaktning.

– Det tycks mig som om herr von Nolcken skyggar inför de oryggliga anklagelsepunkter som inryms i aktors straffyrkande. Jag kan försäkra er, min bäste herre, att för en sådan grov brottslighet som direkt åsyftat rikets undergång kan det inte finnas rum för någon som helst mildhet. För övrigt, om Blackwell kan förmå sig till en fullkomlig och ren bekännelse så kan ju saken möjligen komma i ett annat läge. Herr doktorn vet detta, men vägrar dock enständigt. För högmålsbrott har i alla tider blott **ett** svar givits: galgen, min käre von Nolcken.

Kanslirådet Gyllencrona hade otåligt väntat på genmäle. Med en röst spänningsmättad av behärskad vrede vände han sig direkt till herr rikskanslirådet Tessin.

– Det förvånar mig, herr greve, att ni så till den grad förgår er genom att i förstone peka på förlusten av liv som den enda möjliga straffpåföljden, och därmed på ett rättsvidrigt och ytterst flagrant sätt föregriper och manipulerar kanslirättens oväldiga överväganden och diskussioner.

Gyllencrona svepte med blicken utmed rådsbordet.

– Jag måste be mina ärade kolleger om en smula överseende, men kanske framförallt tålamod, då jag nu ämnar skärskåda aktors påståenden punkt för punkt. Alltså, för det första, den olovliga brevväxlingen med utrikes adressater.

Jag har redan tidigare förfäktat att de brev som nu är beslagtagna och vilka kanslirätten noggrant har granskat, uppvisar ett innehåll som i ärlighetens namn måste betraktas som utomordentligt oförargligt. De upplysningar om svenska förhållanden som aktor klamrar sig fast vid och med besynnerlig bestämdhet påstår att Blackwell har låtit sprida, är ju helt simpelt nyheter av den karaktären att de mycket väl kan ha inhämtats från de dagliga och allmänna avisorna. Vilket väl också med all sannolikhet har skett i detta fall. Den s.k. förtäckta meningen, som aktor gör ett stort nummer av, har även den blivit förklarad med all nöjaktighet. När sedan herr Rozir talar om dolda och politiska undermeningar, vilken korrespondensen skulle vara översållad av, så är detta ren och utsvävande spekulation. Som jag ser det har intet misstänkt eller politiskt tvetydigt insmugit sig i den nu omhändertagna brevväxlingen. Och detta, mina herrar, den beslagtagna brevserien, är ju ändå det enda vi har att rätta oss efter. Jag vill också ta tillfället i akt att fästa rättens uppmärksamhet på det anonyma och så ofta omtalade brevet. Varför har man inte med större iver bemödat sig om att skaffa upplysningar angående dess upphovsman? Den "förnäme" herrn som det sas.

Kanslirådet gjorde en kort paus och bläddrade vidare i den arbetspromemoria som han hade framför sig på bordet.

— Låt mig nu få ta upp punkt secundo till betraktande. Processens "nav" som aktor så fyndigt uttryckte sig. Även i den delen har jag tidigare varit nog så utförlig, varför jag måste be herrar ledamöter att försöka erinra sig mina utsagor i den saken. Men vad som framförallt måste framhållas i just detta ärende, vilket icke nog kan understrykas, är det faktum att de så olycksaliga orden om succession och suveränitet, på vilka egentligen hela denna rannsakning vilar, mycket väl i första hand kan ha framkastats av hans majestät konungen själv och sedermera även av herr Broman.

Härutinnan håller jag helt och ograverat med kanslirådet Skutenhielm. Och om så är fallet, vilket jag för min del anser är mycket troligt, så faller ju hela anklagelseakten ihop som en illa bakad sufflé. Men poängen i detta så förvillande mål är ju också att vi inte så noga kan veta. Ord står i detta fall mot ord. Därför kan och får vi inte, om vi nu vill utge oss för att vara opartiska och rättsinniga domare, på detta svaga och ofullständiga, för att nu inte säga obefintliga, underlag bygga ett brottmål som i slutändan kan lända till dödsstraff för den tilltalade. Det får helt enkelt icke ske! Resten av aktors polemik i denna del är av renodlat spekulativ karaktär. Vad sedan anbelangar de två sista punkterna rörande de 100.000 punden och talet om att så att säga kullkasta det fransyska partiet, så får jag nog medge att det mycket väl kan ha gått till så som Blackwell själv har berättat. Nåja, på ett ungefär i alla fall. Men då som ett led i doktor Blackwells egenhändigt uttänkta plan, vars syfte då skulle kunna tänkas vara att nästla sig in i den inhemska politiken för att på så sätt kunna närma sig maktens oemotståndliga köttgrytor. Men mina herrar, detta är ju också vad jag ständigt har fört till torgs under alla våra överläggningar och deliberationer rörande Blackwells person och hans eventuella brottslighet. Doktor Blackwell, som jag ser honom, är helt simpelt en politisk virrpanna, en stortalig pratmakare med en stark böjelse för allehanda illfundiga kannstöperier. Därför också, naturligtvis, ett tjänstvilligt och tacksamt offer i det ständigt pågående ränkspelet i de politiska intrigernas utmarker. Minns hustruns raljanta ironi: *Men förhoppningsvis, <u>när du har ordnat upp den svenska Nationens högviktiga affärer</u>, så kan du kanske finna någon tid ledig till att tänka på din fru och dina små barn.* Fru Elisabeth kände utan tvekan sin Alexander väl och var nog alltför medveten om att han var en munvig storskrävlare som i det stora hela saknade all politisk verklighetsförankring. Jag skulle tro att maken många gånger var en källa till både besvikelse och

133

oro för sin hustru. Och denna gång, i ett främmande land fjärran från Skottland, besannades hennes farhågor. Hennes älskade man flög alltför nära solen och föll pladask till marken med sönderbrända vingar. Därför, ärade ledamöter, måste vi noga inse att vad vi här har att göra med inte är ett brottmål i dess egentliga och vanliga mening, utan fastmer spillrorna av ett luftslott som nu så fatalt har punkterats. Där finns ingen plan i den be-märkelsen som herr Tessin föreställer sig och som han, månne av politiska skäl?, både tycks önska och förvänta sig. Doktor Blackwell har helt enkelt inte haft några närmare förbindelser med utrikes sändebud eller ministrar i den här frågan. Låt vara att han kanske har gjort allvarliga försök i den riktningen, men troligen och skändligen misslyckats med att etablera någon som helst kontakt med utländska hov. Nej, mina herrar, denna märkliga historia är helt och hållet en skapelse av mister Blackwells överhettade imagination. Att slå politiskt mynt av sådana inbillningsfoster är djupt under kanslirättens värdighet. Jag upprepar alltså, vilket också är min absoluta övertygelse, att om Blackwell döms till livets förlust så har den ärade kanslirätten tagit vrång dom på sitt samvete. I det fall så ändå skulle ske ber jag rättens ledamöter att noga betänka och lägga på minnet landshövding Pilatus' ord i Matteus vid det tillfället då vår herre Jesus Kristus dömdes till korset: *Jag tvår mina händer i oskuld...hans blod kommer över oss och över våra barn!* Slutligen, ärade kolleger i ämbetet, lystra till herr von Nolckens kloka ord och låt Blackwell begrunda sina förvillelser och eventuella missgärningar på Marstrands fästning.

Greve Tessins ansiktsfärg antog en allt rödare timbre ju längre tiden led för kanslirådet Gyllencronas anförande. Då kanslirådet äntligen, och med en väl avpassad reverens för domarbordet avslutade sitt tal, blängde greven ilsket på honom och reste sig häftigt upp från bordet.

– Jag varnar er, herr Gyllencrona! Missfirmelse av kanslirätten i dess ämbetsutövning kan rendera både böter och fängelse. Att vilja förlöjliga rätten är dock en sak, men att till den grad misstro hans majestät konungen på hans edsvurna ord och närapå anklaga vår älskade konung för upp-enbar lögn, det, herr kansliråd, är en helt annan och betydligt allvarligare historia. Då befinner sig kanslirådet i farlig närhet av majestätsbrottet, vars straffutmätning oftast fullgörs på schavotten. Jag ber er därför, herr Gyllencrona, att noga ta er i akt, och att i fortsättningen vara oändligt mycket varsammare med orden!

Tiderna var svåra. Hattpartiets maktövertag i riksråd och på ständermöte var stort och till synes ointagligt. Oppositionens, enkannerligen mösspartiets, möjligheter att agera i någon som helst politisk riktning var kraftigt kringskurna. De ledande mösskoryféerna var skrämda till tystnad och partiet i sig splittrat och med få förhoppningar om att inom en överskådlig framtid kunna samla sina räddhågade skaror. Inkvisitoriska förräderikommissioner såg allt oftare dagens ljus, och raden av godtyckliga arresteringar fyllde huvudstadens tukthus och fånginrättningar till bristningsgränsen. Det var kanske därför inte så konstigt, eller ens särskilt märkligt, att kanslirättens ledamöter villigt lät sig ledas i flock in på den väg som greve Tessin tidigt i förhandlingarnas början noggrant hade utstakat. Man visste fuller väl vad som väntade den frondör som vågade ifrågasätta hattpartiets och rikskanslirådets politiska dekret och högt uttalade önskemål. Under sådana fasaväckande auspicier kunde domen bara bli en:

”Kongl. Kanslirätten har av den hållne Rannsakningen och de däri förekommande handlingarna gjort sig noga underrättad om detta måls beskaffenhet. Och det har därvid visat sig att Kongl. Maj:ts Liv-Medikus doktor

Alexander Blackwell, bunden av bindande skäl och omständigheter samt på egen bekännelse, på ett djärvt och straffbart sätt hemligen utbjudit en ansenlig summa pengar – bestigande sig till över Fjorton Tunnor Guld Svenska – samt därvid yttrat sig högst brottsligt såväl om det oinskränkta Enväldets återinförande som rörande en önskvärd ändring i den här i Riket enhälligt och allmänt besvurna Successions-Ordningen, och därutöver även vid-gått att han mot betalning erbjudit sig och låtit sig brukas som Spejare och Kunskapare här i Riket, samt dessutom fört en olovlig utrikes brevväxling. Doktor Blackwell har därmed blivit överbevist om att hava umgåtts med en högst skadlig anläggning emot Riket rörande dess mest ömmande Grundförfattningar – Kongl. Maj:ts Försäkring av den 22 mars 1720 samt RegeringsFormen av den 2 maj samma år – och på ett oerhört djärvt och listigt sätt försökt att sådana planer verkställa till Rikets största skada och fördärv.

Ty prövar sålunda Kongl. Kanslirätten i stöd och kraft såväl av IV:e kap. och 8§ Missgärningsbalken som 1687 års Hovartiklars 2 kap. och 7§ för rättvist att han, doktor Alexander Blackwell, sig själv till välförtjänt straff och androm till skräck och varnagel, att mista Liv, Ära, Gods, och varda Halshuggen. Och sådant allt med rätta!"

På Kongl. Kanslirättens vägnar

Carl G. Tessin

17

*– SANNERLIGEN, SANNERLIGEN säger jag eder: Den som hör
mina ord och tror honom som har sänt mig, han har evigt liv och
kommer icke under någon dom, utan har övergått från döden till livet.*

Doktor Blackwell föll häftigt gråtande ner på cellens kalla jordgolv och lyfte sina knäppta händer mot taket:

– Äntligen, herr Tollstadius, äntligen har bindeln fallit från mina ögon och jag kan se Herrens skinande ljus omstråla min suktande själ. Nu sänder Gud mig bud. Han kommer mig till mötes och jag ska jublande av fröjd vandra vid hans sida. O, allsmäktige Gud, hur stor är då icke din nåd?

Avrättningen kom att verkställas någon av dagarna i början på augusti månad år 1747, den 7 eller 8. Den 5 dennes skrev greve Tessin i raljerande ordalag till sin hustru Ulla, för övrigt född Sparre:

> *I övermorgon, min kära grevinna, ska doktor Blackwell ha
> sitt rendez-vous med Skarprättaren.*

Själva akten, halshuggningen, skulle äga rum på Brunkebergsåsens topp som vid denna tid var starkt raserad eftersom den utnyttjades till sandtäkt av huvudstadens innevånare. Schavotten av grova ekplankor slogs upp vid sidan av det uråldriga vårdtornet vid krönet av åsens stup. Ett svårt bofälligt brandtorn där väktarropet vid gynnsamma vindar bars ut över den närliggande stadsbebyggelsen:

– Klockan är 11 slagen. Guds härliga, milda och mäktiga hand, bevare vår stad för eld och brand!

Runt schavotten formerades en spetsgård, en massiv mur av Kongl. maj:ts blågula livgarde, vilket med korslagda och bajonettförsedda musköter höll den påträngande folkmassan i schack. Strax utanför spetsgårdens cirkel, nära åsens topp, var de fyra steglen med sina tvärställda hjul uppresta. En femte påle, något högre, hade drivits ner i den mjuka sandjorden vid sidan av de övriga.

Gardets dagofficer, löjtnant Bremersdorff, hade erhållit skarpa order att låta trumman röras allt högre om doktor Blackwell, mot all förmodan visserligen, gjorde min av att vilja tilltala den månghövdade populasen.

Då han var uppkommen på schavotten, skrev ett samtida ögonvittne, *vände han sig till åskådarna och såg på dem någon stund, varvid han betygade sin förundran över deras nyfikenhet. Han tog sedan kläderna och peruken av sig, blottade halsen och undersökte därefter noggrant både blocken och yxan samt gav Mästerman en present, bedjande honom att utföra sin syssla det bästa han förmådde, men för allt i världen inte hugga till förrän han givit honom tecken därtill. Därpå tog han avsked av prästen och då han lagt sig ned på stupstocken och av skarprättaren blev tillsagd att lägga sig rätt, svarade Blackwell med skämtsam uppsyn att som det var första gången han här låg så borde Mästerman ursäkta detta hans misstag, vilket han efter erhållen undervisning gärna ville rätta. Då Blackwell låg väl tillrätta och med huvudet inpassat i blocket stämde han upp en psalm med en röst som fortfarande lät kraftfull och oanfäktad:*

Har jag Jesum i mitt hjärta
Si, så har jag glädjen all...

Då Blackwell just hade intonerat den andra strofen:

Jesus allt mitt goda är...

föll hugget!

Halsmusklerna krossades, artärer och vener skars av och med en lätt dragning av bilans egg avskildes huvudet från kroppen och föll med en dov duns ner på de mörkådriga ekplankorna. Med en kraftig och skarpeggad kniv ristade bödeln Clemens Helmschläger upp den livlösa kroppen alltifrån halsen och ända ner till midjan. Slet raskt ut hjärta och inälvor varefter han med ett häftigt ryck, följt av ett otäckt surplande ljud, drog ut matsäcken och den glatta, tilltrasslade tarmmassan. Därefter sträckte han sig efter en mindre bila med en lång och svagt böjd egg varpå han parterade kroppen i fyra delar, först längsefter, därpå tvärsöver. Med hjälp av stegar bars sedan de blodiga kroppsdelarna upp till hjulen på krönet av pålarna och spikades där fast. Sist huvudskallen som med en lång och grov dragspik fastnaglades på toppen av den högsta pålen. Ansiktet vänt utåt mot Norrmalms torg och mot Norrströms kluckande vågor. Den oförbätterlige Tessin skrev till fru Ulla: *Blackwell finns ej mer. Han har dött som han har levat: fräckt!*

Folkmassan skingrades efterhand och drog sig under glam och stoj nedför åsens branter. I strida strömmar vällde den in på Malmtorgsgatan, Lilla Vattugränd och Karduansmakargatan för att i krogar och källare släcka den brännande törsten i brännvin och dubbelt öl.

En stilla bris rörde sig över avrättningsplatsen. Bödeln Helmschläger hade avvisats med 5 daler hederligt silvermynt och Livgardet hade marscherat bort i god ordning, på axel gevär och med de gula hattståndarna käckt vispande i den milda sommarluften. Från de bloddruckna ekplankorna droppade fortfarande svalnat blod ner på den gräsbevuxna sandjorden.

I de spruckna ögonglobernas skärvor återspeglades Mälarens skimrande vattenspel, gamla Slaktarhusbron, Helgeandsholmens kongl. stallbyggning, Lejonbackens skiltvakter bland slottsbyggets sten och bråte, de kungliga vedstaplarna, slottets massiva nordfasad vaktad av Focquets bistra bronslejon...

På Strömmen, i höjd med Skeppsholmen, stampade en tungt bestyckad örlogsman med slående segel för babords halsar.

Vid Logårdskajen, och vidare ner mot Skeppsbron, formerades en sky av master från förtöjda kofferdister, galeaser, skonerter, briggar och barkar, holländska flöjter och galjoter. Fladdrande vimplar, bramstänger och rår, vant, slag och barduner höjde sig över det kungliga slottets sydöstra Logårdsflygel, som i nästa ögonblick tycktes kunna segla ut över Strömmen, förbi Kastellholmen och med alla segel satta länsa ut över Saltsjöns vågor.

I soldiset över slottet reste sig Tyskans erigerade tornspira, Storkyrkans tunga kupol, och längre västerut Riddarholmskyrkans tupprydda tornkors. Där, strax i närheten, ner mot Riddarholmsfjärdens lätta vågskvalp, glänste de förgyllda tistelknopparna på Kungshusets mäktiga kopparkupoler.

Vid det höga fönstret i det mindre kabinettet i Kungshusets östra flygelbyggning drogs draperiet åt sidan och det allrasom täckaste lilla ansikte blickade leende upp mot Brunkebergsåsens dimhöljda huvudpåle:

...jag hoppas nu att dagens process gjort slut på alla illasinnade anslag och äntligen krossat odjuret i sin håla.
Som alltid, käre bror, Votre très affectionné...

Louise Ulrique.

Epilog

PÅ HÖJDEN AV MAKT OCH MYNDIGHET och med mösspartiet krossat och skingrat utsågs greve Carl Gustaf Tessin i december 1747, "för tunga och hedervärda ämbetsplikter utförda i fosterlandets tjänst", till kanslipresident, rikets yppersta ärepost. I samma månad även utnämnd till Guvernör och mentor för Svea rikes "dauphin", den snart tvåårige kronprins Gustaf. I sig en utnämning som klart och tydligt bekräftade både det kungliga husets som riksens ständers höga och obrutna förtroende för greve Tessin. Som grädde på moset påföljande vår utsedd till Ordenskansler för de svenska riddartecknen Serafimer-, Svärds- och Nordstjärneordnarna.

Broman, den filuren, blev i mars -47 utnämnd till president i kommerskollegium och på den varmt tacksamme kung Fredriks anmodan strax därpå dubbad till friherre. Erhöll som gåva av samme kung den storslagna egendomen Fredrikshov på Östermalm och mot riksdagens slut dessutom, hör och häpna!, uppsatt på förslag till en av de vakanta riksrådstaburetterna. En ära som dock Broman, i full kunskap om sina minst sagt stökiga affärer som på intet sätt tålde dagens ljus, generat och bestämt avslog. Emellertid, inte långt därefter, och under kanslipresident Tessins benägna kanslersskap, behängd med "blå bandet", dvs. Serafimerordens riddarband i blått. Hattpartiets välvilja kände heller inga ekonomiska begränsningar utan förmerade Erland Bromans personliga förmögenhet med till det minsta 40.000 daler kopparmynt enligt senare beräkningar.

Vår fete Saturnus, kung Fredrik I, blev på intet vis lottlös. Både det maktägande hattpartiet och det högvördiga prästerskapet hade i mer eller mindre klara termer låtit förstå att kungens i sanning heta relation till fröken Catharina Ebba Horn i framtiden icke skulle möta några som helst hinder av vare sig religiös eller moralisk art, utan fastmer till fullo kunna avnjutas utan störande inblandning från myndigheternas sida. Att sedan kung Fredrik någon tid härefter påträffades halvt förlamad av slag i sin säng efter en av dessa nätters erotiska excesser är en helt annan och betydligt intressantare historia, vilken jag förhoppningsvis får möjlighet att återkomma till vid ett senare, och framförallt lägligare, tillfälle.

Aberdeen, d. 10 augusti 1747.

Min älskade,

Jag är fruktansvärt chockad och förvånad över att få läsa i de offentliga tidningarna att du har blivit fängslad av myndigheterna. Varför det är så kan jag emellertid inte utläsa. Jag hoppas att det grundar sig på någon falsk beskyllning, och att du vid en rättegång kan bevisa din oskuld. För med ledning av det du har skrivit till mig kan jag absolut inte tänka mig att du har begått något stort brott gentemot svenskarna. Vad gäller Konungen så har du alltid nämnt honom med den största respekt och pliktkänsla, och rörande folket i allmänhet så har du delgivit mig en så god bild av deras karaktär och välmåga att jag ibland funderat på om du överdriver för att förmå mig att resa dit. Därför, vad det nu än kan vara, så hoppas jag att de agerar som kristna människor gentemot dig eftersom vi ändå tillber samma religion, och om nu någon av deras Förnäma män har lett dig in i en fälla (eftersom jag har hört att där finns många partier i landet), så hoppas jag att den svenska regeringen vill betänka att du är en främling och inte helt kan förstå deras inhemska lagar.

Det sista brevet jag skrev till dig var daterat i mars. Om det blev uppsnappat så fruktar jag att det kan ha blivit miss-förstått. Det var verkligen ett argt brev vilket jag då ansåg mig ha goda skäl att skriva, och i dess avslutande del skrev jag att jag hoppades att när du väl hade ordnat affärerna för Nationen, så kanske du kunde ta dig ledigt och även tänka på din hustru och dina barn. Detta kan ju tolkas som om jag kände till några hemliga affärer som du var inblandad i, men jag menade endast det arbete du utförde med deras jordbruk, vilket också är det enda nationella bestyr jag känner till som du är sysselsatt med, och som jag hoppas är det enda du verk-ligen är inblandad uti. Må nu Svenskarna sätta tilltro till din oskuld. Låt Gud i sin översvinnliga barmhärtighet lösa dig från dina problem för din egen och för min skull, och för

143

*våra kära och över allt annat älskade små barns skull. Detta
är innehållet i de dagliga böner som framförs av din allrasom
mest tillgivna och i dessa tunga dagar svårt bedrövade hustru,
Elizabeth Blackwell.*